龍雲
作品

龍雲
作品

龍雲 著
啻異 繪
黃泉委託人
惡慾之囚

惡慾之囚

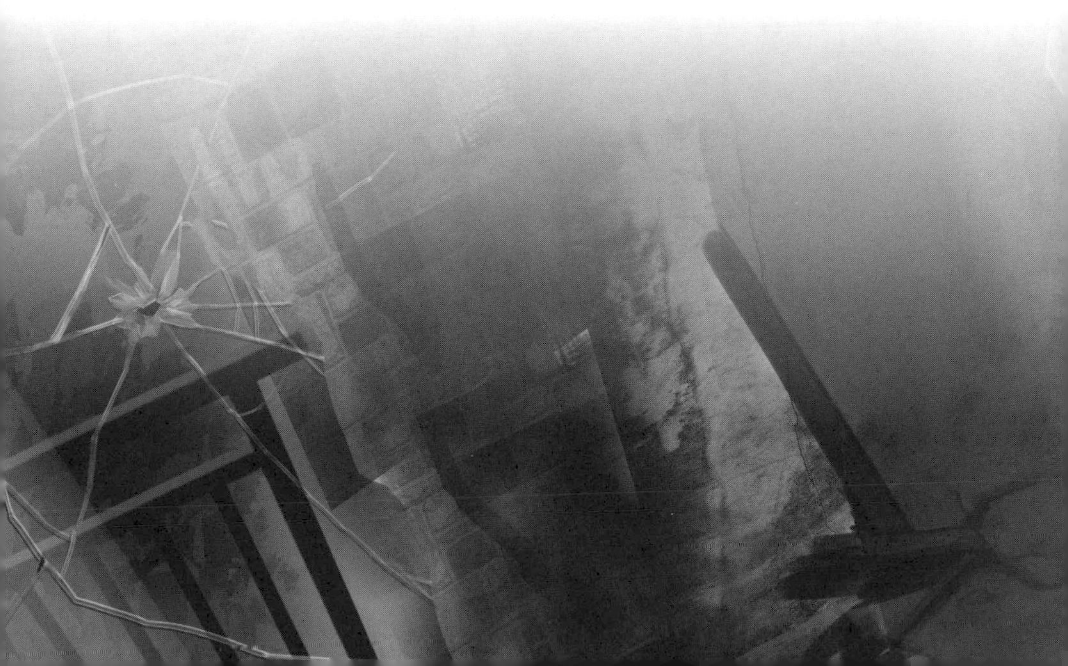

人物簡介

謝任凡

二十八歲，身高一百七十幾公分，一名看似平凡的男子，在黃泉界卻有一個響噹噹的名號——「黃泉委託人」。在陰年陰月陰時陰分出生的極陰之子，擁有強大的靈力與陰陽眼，藉著自己的能力，替鬼辦事收取酬勞維生。擁有兩個鬼老婆，並能與鬼稱兄道弟，卻不擅長與人交往。

小憐、小碧

兩人原為黑靈，現年約四十五歲，外表則維持在死時十八歲的青春美貌。在任凡的感化下，化解了兩人的怨氣，並一起成為任凡的妻子。兩人互認為異姓姊妹，比較成熟嫻淑的小碧是姊姊，而比較俏皮可愛的小憐則為妹妹。

撚婆

年約七十，個子嬌小而法力高強的法師。為了學習法術，選擇了孤老終生作為代價，是孟婆在人間的十三個乾女兒中唯一還在世的。獨自撫養任凡長大，是任凡在人世間最為親近的乾媽。個性直來直往，退休之後獨自一人住在山區，過著簡樸的生活。

孟婆

撚婆的乾媽，任凡的乾奶奶，也是眾所皆知的遺忘之神，常駐於地獄的奈何橋邊。沾一滴孟婆所熬煮的孟婆湯，便能遺忘過去所有的記憶，方可投胎轉生。然而喝多了孟婆湯，則在重生後也無法記住事情，變成俗話中的白痴。

葉聿中

職業鬼差，穿著與黑白無常類似的服裝，人模人樣的外表下，卻有著讓人一看就知道不是人類的恐怖表情。與任凡是舊識兼死黨，平時看似個遊手好閒的賭徒，必要時卻是個值得信任，經驗老到的鬼差。

易木添

三十六歲，身形單薄，眼神卻透露出氣魄的法師。自小被廟公收養，聽遍天師黃鳳嬌（撚婆）的鬥法故事，以成為像天師一樣的高人為目標。自稱是任凡的宿敵，也視任凡為自己的唯一宿敵。

白方正

三十歲，擁有將近兩百公分，及近百公斤的高大壯碩身材，與外型相反的，生性十分怕鬼。操守中正，個性中規中矩，正義感十足。在與任凡結識後，意外的透過鬼和任凡破了許多棘手的案件，因而搖身變成警界最炙手可熱的超級救世主。

爐婆

撚婆的師妹，五十幾歲的年紀卻很時尚，三不五時還會烙英文。法力不凡，卻因為曾經說實話得罪過人，自此之後抱著遊戲人間的心情。曾經因為某件事情被逐出師門，因為撚婆的挺身而出，對撚婆充滿敬意。在任凡的一次委託中，成為方正的乾媽、旬婆的乾女兒。

旬婆

數萬年前，在地獄與孟婆相爭失利，因而不被世人熟知。常駐於與奈何橋相對的奈洛橋邊，並研發出能破解孟婆湯的旬婆湯，喝下肚便能讓人記憶起前世因緣。與任凡交換條件，達成協議後，方正被迫成為她在人間界的乾孫子。

借婆

陰間的大人物，與孟婆、旬婆並稱黃泉三婆。手持以八卦球當杖頭的枴杖是她的註冊商標。相傳每兩個鬼魂中，就有一個欠債於借婆。是黃泉界的大債主，也是唯一可以插手因果的人物。與任凡因緣匪淺，在任凡不在的這段時間，擅自住進任凡的根據地。

張樹清

生前為方正在警界的大前輩，是名高階警官，死後則變成菜鳥鬼差。現年約五十歲，容貌則維持在死時四十五歲的模樣，除了穿著鬼差的制服，在其他地方看起來不過像是個膽怯老實的中年男子。與自己在世時眾多同居人之一的芬芳冥婚，過著分隔陰陽兩地的幸福生活，並努力學習當個稱職的鬼差。

溫佳萱

二十八歲，才貌兼具，年輕有為的女法醫。從小就擁有陰陽眼，在突破恐懼後比一般人更堅強，更有勇氣，也以自己的職業為天命。揭穿方正破案的手法後，成為其搭檔似的存在。

伊陸發

黃泉界陰氣最弱的鬼魂之一，不管身為人還是鬼都一樣坎坷平凡，為了扭轉自己的命勢，決心在此生輪迴中，幹出驚天動地的大事，讓自己的人生可以掀起些許波瀾，不再平凡。

石婇楓

方正特別行動小組的一組組長。擁有邪性的美，可以讓沒有陰陽眼的人意亂情迷。也因為這樣的美，為她的人生帶來許多的困擾，所以在一般時候總是將自己包得密不透風。做事認真，個性內向，也因為長相之故，常常招致同性厭惡。

莊健山

方正特別行動小組的四組組長。有陰陽眼，成長在充滿迷信的家庭。個性有點吊兒郎當，又有一堆奇怪的推論，常常讓方正與佳萱不知道該怎麼跟他溝通。邏輯與其他人不同，有屬於自己的一套邏輯。

楔子

朝陽的晨霧，宛如厚重的棉被般掩蓋了萊茵河。

河畔兩邊懸崖上的綠蔭樹林，猶如幫懸崖穿上一件鮮綠的衣裳。

在突出的左岸懸崖上，有一座荒廢許久的古堡。

原本應該是白牆黑頂的古堡，此刻卻因為爬滿了植物，導致整座古堡看起來就好像懸崖的一部分，若不細看，實在很難看出這裡有這麼一座古堡。

在很久以前，附近的居民都把這裡叫做「鬼堡」。

只要是荒廢許久的建築物，不需要大肆宣傳，自然會被冠上類似的名稱。

這點不管是東方還是西方的世界，都是依照這樣的準則。

但是這座荒廢的古堡，在多年以前，漸漸消失於附近人們的口中，所以就算把它叫做「被人遺忘的古堡」，也算是實至名歸。

然而這樣的名稱，也許在幾年前，或是在人世間，都非常名副其實。

可是現在，它卻是黃泉界非常著名的地點。

一個來自東方的男人，成為了這座古堡的新主人。

也因此，現在全歐洲的鬼魂，都稱這座城堡為「The castle of Z」，中文就是「Z的城堡」。沒有人知道他是從哪裡來的，更沒有人知道他的過去。大家只知道這位Z先生，在半年多前打倒了君臨黃泉界許久，控制了許多鬼魂的凱撒大帝。另外，大家也都知道，只要你付得起報酬，這位Z先生可以完成你任何委託。

因為這個原因，這原本荒廢多年的古堡，有了全新的面貌。

雖然從外觀看來，它依舊是融入在懸崖上的一座廢棄古堡。但是，只要有陰陽眼的人都可以看到，古堡隨時擠滿鬼魂，一片欣欣向榮的模樣。許多鬼魂因為受到了Z先生的照顧，所以盤踞在這座古堡，久久不肯離開。在已經現代化的歐洲，雖然到處可見類似的古堡，可惜，大多數的城堡都已經失去它原始的面貌。

雖然外貌仍然維持著中古世紀的模樣，但是裡面的內裝卻是十足的現代化。但是這座古堡拜被人遺忘之賜，裡面沒水沒電不說，就連古堡各處都還維持著最後一次人類在裡面活動時的模樣。

大廳的屋頂，留著一些木箭插在上面，提醒著這裡曾經被血洗的過去。螺旋狀的階梯上，處處可見刀痕，轉角處還有一把刀子嵌在木頭中，地板滿是灰燼與乾掉的血痕。

這裡，在被某支不知名的軍隊血洗後，就一直處於這種生人勿近的狀態。
但是這一切被一個明明是活人，卻比鬼魂還要陰的男人改變了。
在他拿到了這個城堡的所有權之後，他就在這裡面住了下來。
短短不到一年的時間，這座城堡瞬間成為黃泉界最受鬼矚目的地標。
即便是像今天一樣的清晨，還是有許多鬼魂在裡面活動。
長長的走廊站滿了鬼魂，很有秩序地排成一列，靜靜地等候著。
一個東方長相的女鬼，在隊伍的最前面用英文緩緩叫道：「36號。」
聽到女鬼的叫喊，一個男鬼穿著中古世紀西方貴族常穿的禮服，飄到了女鬼面前。
「裡面請。」女鬼說。
男鬼跟著女鬼一起穿越了那扇厚重的門。
在接待室的中央，擺著一張碩大的木桌。
那是一張中古世紀時純手工打造的木桌，現在被Z先生拿來當作辦公桌用。
辦公桌後面，Z先生就坐在那裡。
Z先生的後面，有六塊木板，上面寫著一排又一排的東方文字。
當然，Z先生是歐洲鬼這邊的稱呼，對東方的鬼來說，Z先生不僅有個正常的名字，還有一個響亮的名號。

在東方，Z先生在人世間有個名字叫做謝任凡，而在人世間默默無聞的他，在黃泉界則被鬼魂們尊稱為「黃泉委託人」。

而那六塊木板上面寫著的，正是著名的黃泉委託人六大不接原則——

「一、沒有酬勞或利益的工作不接。

二、牽扯到雙鬼之間恩怨的工作不接。

三、抓替身、替死鬼的工作不接。

四、會因此惹禍上身的工作不接。

五、破壞天理循環、傷風敗俗的工作不接。

六、與黑靈打交道的工作不接。」

任凡見到男鬼，攤開手笑著用中文說：「瑞克男爵，我最喜歡的客戶。」

房間裡面的另外兩個東方女鬼正是任凡的兩個鬼魂妻子——小憐、小碧。

兩人在這短短半年之內，語言程度已經足夠跟外國的鬼魂溝通。

任凡在歐洲跟任何鬼魂溝通，都是透過小憐、小碧。

小憐把任凡的話，轉述給男爵聽。

「哪裡，這是我的榮幸。」男爵聽了靦腆地笑著說：「不知道，Z先生你決定好了嗎？」

「嗯，」任凡皺著眉頭說：「這實在非常難以抉擇。」

男爵聞言，抿著嘴等待。

「的確，那張長型的食桌拿來裝飾城堡裡面那個長到嚇死人的食堂，簡直是天衣無縫，但是——」任凡摸著下巴說：「你說的那個拿破崙穿過的盔甲，拿來放在我的武器庫裡面，更是絕妙。」

男爵聽到小憐幫他翻譯的話，聽一句點一次頭。

「兩個我都好難割捨，所以，」任凡帶點邪惡地笑著說：「不知道男爵你有沒有其他委託可以讓我幫你解決的？」

男爵聽了之後，考慮了一下，突然眉頭一縮，面露恐懼，唰地一聲整個鬼影消失得無影無蹤。

想不到男爵竟然就這樣逃跑了，任凡張大了嘴斥道：「該死！這男爵不想活了，敢賴我的帳，我會讓你連男爵都……」

話還沒說完，任凡就已經感覺到了。

不只眼前這個男爵的鬼魂消失了，整座城堡前一秒還人山人海的鬼魂，此刻竟全部都消失不見了。

只剩下小碧、小憐還留在任凡背後。

「凡。」小憐皺著眉頭叫道。

任凡點了點頭，表示自己已經知道了。

此刻的任凡已經知道，男爵並不是不想付報酬而逃跑，而是因為一個大人物的到來。

一道熟悉的聲音傳到了任凡的耳中，那是枴杖敲擊地板的聲音。

任凡辦公室的大門緩緩開啟。

在辦公室外面是這座古堡最長的一條走廊。

原本整排等待任凡接洽的鬼魂，此刻全都消失不見。

走廊的盡頭，一個熟悉的身影站在那裡。

「好久不見了，」任凡頷首說道：「借婆。」

任凡話才說完，原本還在走廊盡頭的借婆，瞬間出現在辦公桌前。

「小子，」借婆抬著頭，斜眼看著任凡說：「看到我會不會覺得緊張？」

「嗯，」任凡乾脆地點了點頭答道：「有一點。」

「看樣子，」借婆打量了一下四周說道：「你在這裡也混得不錯嘛。」

「哪裡，還過得去。」任凡笑著說：「聽說妳最近借住了我在台灣的舊宅，住得還舒服嗎？」

借婆沒有回答，只是靜靜地看著四周，然後用平淡的口氣說道：「那條因果線已經開始了。」

任凡聽了，臉上的笑容瞬間消逝。

沉默降臨在兩人之間，這沉默，擁有足以讓整個黃泉界冰凍的魄力。

畢竟再怎麼說，兩人在黃泉界都擁有「喊水會結凍」的能力。

「那妳怎麼有空來找我？」任凡凝視著借婆緩緩地說。

「我是來找你討債的。」借婆面無表情地說。

此話一出，小憐與小碧臉色驟變。

任凡聽了搔著頭，一臉為難地問道：「哪筆債？」

「問這個幹嘛？」借婆狐疑地看著任凡。

「看妳要討的是哪筆債，」任凡苦笑道：「我再決定要不要抵抗啊！」

借婆仍舊面無表情地看著任凡，緩緩地說：「你敢嗎？」

「妳說呢？」任凡側著頭，似笑非笑地說。

任凡說完，沉默再度降臨在兩人之間。

過了一會，借婆緩緩閉上了眼，將手上的八卦杖緩緩舉了起來。

與此同時，看似一直坐在位置上按兵不動的任凡，其實已經用雙手撐著椅子，仔細看著借婆的動作。

借婆猛一張眼，手上的八卦杖立刻像是斷頭台上猛然落下的鍘刀，朝地上敲下去。

而原本應該在椅子上的任凡，也在這一瞬間，往桌子底下一滑，朝著借婆踢了過去。

一場足以撼動整個黃泉界的大戰，竟然如此突兀地展開了。

第1章·人間列車

1

台灣的山地與丘陵，幾乎佔據了全島七成以上的面積。

即便到了今日，仍然有許多機密埋藏在這地形之中。

這裡就是其中一處。

蔚藍的天空，翠綠的森林，一座被漆成綠色的方型建築就隱身在這片山林之中。

這裡是重度治療中心。

簡單來說，這裡收容的病患都是現階段科學與醫學無法治療的精神疾病患者，但是基於人道考量，以及衡量其他人的人身安全，所以才會有這麼一個場所。

這裡門禁森嚴，人煙罕至。

任何想要進出此處的人，只要到達距離大樓約五公里以外的地方，就已經被納入監控的範圍。

而四周包圍的綠色高大水泥牆，加上挑高的通電電網，更確保了裡面的人就算插翅也難以飛出這裡。

就算真的有人可以穿越那道圍牆，以及牆上通了高壓電的鐵網，最接近的民家也距離圍牆十公里之遠。

此刻，唯一出入口的厚重鐵門上，警示燈正閃爍著紅色的燈光，並且伴隨著嗡嗡作響的警示聲。

鐵門緩緩開啟，一個男人從厚重的鐵門後面走了出來。

他的雙眼凹陷，骨瘦如柴，鬍碴滿臉，頭髮凌亂。

這裡對很多人來說是一輩子不會見到甚至聽聞的地方。

但是對這名男子來說，這裡一點也不陌生。

這已經是這男人第六次進出此地了。

每次只要情況嚴重，他就會來這裡報到。

而只要來到這裡，什麼治療也不需要，不，這裡的醫生也沒辦法給予他什麼適當的治療。

所幸只要經過一段時間的調養，他就會慢慢恢復正常。

所以，這裡的醫生也都知道，沒有人會為難他。

這裡隸屬於政府機構，而這個男子的特殊身分，讓他在這裡接受治療就跟度假沒有兩樣。

可是，對男子來說，每一次回到這裡都是一種痛苦的磨合。

每次都必須要適應那些在他體內不安的靈魂，統合所有靈魂的精神，一直到取得平衡為止。

可是這樣的平衡，終究會被破壞。

這次，自己能維持多久呢？

男子仰望天空，輕描淡寫地在心中問著自己。

路邊停著一台熟悉的車子，那是男子的車子。

在男子上次回到這裡的時候，他的好友特別開了這台車子上來，以便他出院的那一天，可以自行駕車回去。

或許是感受到了那位好友的好意，男子淡淡地笑了。

只是連他自己也不知道，這樣的友誼，什麼時候會被「放棄」。

畢竟跟自己交朋友有多麼困難，他自己心裡有數。

即便真的有這麼一天，他相信自己也絕對不會責怪那個好友。

相反地，他珍惜這樣的時光，更珍惜在那個大人物下面做事的機會。

2

同一個分局，類似的情況。

打從三個小時前，幾乎所有的警員就都回到了局裡。

就連那些休假的同仁也特別取消休假，就只為了目睹那個人的風采。

打從分局長打電話向上面請求支援的消息傳出來後，大家就一直期待著這一刻。

在上面回應將會派出方正特別行動小組之後，整個分局就像現在一樣大爆滿。

這一切都為了可以目睹幾個月前，曾經來這裡協助辦案的那個女人。

這些人引頸期盼的正是方正特別行動小組第一組的組長——石婇楓。

上一次一個拒絕承認犯案的兇嫌在見過楓的臉之後，大方坦承一切犯行。

只可惜，因為楓小心地避開了鏡頭，導致眾人沒有辦法一睹楓的風采。

再加上那一次，大夥因為期待著那個警界傳奇白方正警官，以至於沒有心理準備，而楓來去宛如一陣風，大夥還沒看個清楚，她已經解決案件揚長而去。

為了不再有任何遺憾，一堆警官宛如守候在機場的新聞記者，人人手上都有著相機與任何可以記錄這完美時刻的機器，等待著大明星的到來。

如果這時候，有一般民眾想要進來報案，不只會被這樣的陣仗嚇到，光是進門就可能會被那些此起彼落的閃光燈閃到頭昏眼盲。

眾人心急如焚地等待著，不時調整、擦拭自己的鏡頭，就怕有任何閃失，沒有辦法捕捉到楓的風采。

終於，等到了大門緩緩開啟，一個身影從門外走了進來。

眾人見狀，二話不說，立刻先拍了再說。

此起彼落的閃光燈，宛如記錄著歷史偉大時刻般閃爍著。

等到閃光燈暫熄，取而代之的竟然是不絕於耳的罵聲。

只見顯影在眾人相機上的不是宛如國際巨星般包得密不透風的楓，而是一個身形消瘦，一臉頹廢的男子。

男子穿著簡單的T恤，臉上還有刮不乾淨的鬍碴，兩眼無神地看著左上方，似乎對眼前這驚人的陣仗習以為常，視若無睹。

這邋遢的模樣，令許多員警一邊破口大罵，一邊趕緊刪除檔案，彷彿男人的外貌多留在相機內一秒都會讓相機故障似的。

即使心中有百萬個不願意，但還是得要應付一下，說不定人家是前來報案的民眾，要是怠慢了，接到投訴可不得了。

值班的警員趕緊迎上前，詢問男子的身分。

「你們是太閒了嗎？」男子皺著眉頭說道：「我可是一出院就趕到這個地方來，你們有空在這邊拍照，不如好好去辦案不是更好？」

值班員警一時不明白男子說的話到底是什麼意思，皺著眉頭的「啊？」了一聲。

男子見狀，不耐煩地哼了一聲，不悅地說：「你們不是向我們提出請求？我就是方正特別行動小組的第三組組長——鄭棠火。」

此話一出，現場立刻一片肅靜。

只見原本不管是熱情如火，還是憤慨不已的眾員警，立刻宛如被丟到冰庫之中，情緒瞬間凍結。

所有熱情消失無蹤，取而代之的是一股莫名的寒意，從背脊竄上腦門。

風林火山之中的火是方正特別行動小組最惡名昭彰的小組長，也是眾人感覺到恐懼的最大源頭。

一見到眾人驚恐的表情，阿火的嘴角勾勒出詭異的笑意，怎麼看都不像正派員警可能浮現出來的表情。

眾人大氣都不敢喘一下，雖然沒有言語的溝通，但是所有人腦海裡面不約而同都浮現出自己聽過關於阿火的傳言。

阿火，在進入方正特別行動小組之前，就已經是警界非常出名的人物了。

當年方正在遴選組員的時候，也因為把阿火的名字放入名單中，導致警界高層為之震驚，不斷約談方正，希望可以將阿火排除在外。

但最後仍然在方正的堅持之下，將阿火納入麾下。

可是阿火的惡名昭彰，在加入方正特別行動小組之後，仍舊不減當年。

所有跟阿火合作過的員警，對他的評價都相當惡劣。

聽說，阿火曾經失控，將嫌犯打到全身骨折，就連一旁想要阻止他的員警，也被阿火打到重傷。

還有人聽說，曾經親眼看過阿火試圖猥褻被害人，只因為被害人非常漂亮。

而這邊則是有人聽說，因為嫌犯固守在自己家中，不耐煩的阿火直接放火燒了嫌犯的房子，鬧到嫌犯現在都還在跟警方打官司。

總之，關於阿火的傳聞，無不駭人聽聞、荒腔走板。

所以當阿火成為方正特別行動小組的一員時，當真讓許多人跌破眼鏡。

尤其在他後來屢建奇功，躍升成為第三組組長之後，更是讓大家如坐針氈，深怕向方正特別行動小組求助之後，派來的會是這個惡名昭彰的火。

結果，這樣的夢魘在今天成真了。

所有人看著阿火，就連大氣都不敢喘一下。

過了一會之後，分局長走了出來，見到大家竟然只是眼巴巴看著阿火，不禁大聲怒斥：「你們到底在搞什麼？竟然不知道招呼一下前來支援的同僚，在這邊大眼瞪小眼幹嘛？」

眾人被分局長這麼一斥，才手忙腳亂的招呼著阿火。

阿火就在分局長的帶領之下，走到了位於警局後方的偵訊室中。

「那麼，就請鄭組長在裡面稍等一下。」分局長不敢怠慢，恭敬地招呼著阿火。

只是，一直走在前面引導著阿火的分局長，並沒有看到剛剛在走廊上，阿火脖子一扭，臉部極度扭曲的模樣。

分局長回過頭來時，阿火皺著眉頭，雙目向上吊喃喃地說：「好餓。」

「這樣嗎？」分局長點著頭說：「那讓我請同仁去買個便當，不知道有沒有什麼特別想吃的？」

瞬間，阿火的臉又突然扭曲了起來，他趕緊走過去開門，以免這樣的情況被分局長看見。

可是，從阿火的嘴巴卻吐出了這樣的話。

「我想吃人肉。尤其是肩胛骨附近的肉，你買得到這樣的便當嗎？」

「啊？」分局長聞言張大了嘴，不敢置信地愣在原地。

丟下宛如冰柱般愣在原地的分局長，阿火走進偵訊室中，將門關了起來。

3

拘留室中，嫌犯看著天花板，已經好久沒有移動過了。

雖然嫌犯外表看起來如此，但是他在腦海裡面已經模擬過不知道多少次，接下來可能面對的情況。

對所有習慣於犯罪的人來說，他們很自然會知道警方有哪些辦案手法。

他審視了自己所有留下來與刻意湮滅掉的證據中，到底有哪些是警方必須突破的點。

首先，就他所知，警方根本還沒找到兇器。

另外，他自己所提出來的不在場證明，雖然不夠牢靠，但是在缺乏直接證據的情況下，警方根本沒有辦法證明他當時人在案發現場。

這場戰爭中，目前他還是無懈可擊、勝券在握。

當員警將他從拘留室中帶出來的時候，他已經非常確信，不管對方拿出什麼花招，自己都有辦法應付。

帶著這樣的必勝心情，嫌犯跟著員警走入偵訊室中。

一個男人，坐在桌子的另一側，靜靜地等待著自己。

當嫌犯一看到男人的臉，不自覺地皺起了眉頭。

如果不是嫌犯戴著手銬，不知情的人經過，或許反而會把那個坐在桌子另一端，準備審問嫌犯的男人當成真正的嫌犯吧。

很難想像警隊當中會有這種長得比一般罪犯更加邋遢、兇狠的人。

男子用手指示嫌犯坐下之後，點了點頭說：「請坐。」

這男子不是別人，正是阿火。

嫌犯照著指示坐下之後，阿火揮揮手要隨行的員警退出去。

偵訊室角落，放著應阿火要求特別推過來的屏風。

等員警出去之後，阿火起身將屏風拉開，擋在玻璃前，如此一來，偵訊室另外一間密室裡面的分局員警就完全看不到審訊的經過。

除此之外，阿火也慢條斯理地將蒐證用的攝影機與麥克風關掉。

見到阿火這樣，連嫌犯都開始發抖。

這傢伙……該不會想要刑求吧？

這不只是嫌犯擔心的事情，就連其他分局的員警也不約而同地這麼想。

不過礙於方正特別行動小組的招牌，就連分局長也不敢貿然闖進去阻止阿火。

所有人都只能集中在隔壁的密室中乾著急，卻沒有任何人敢採取任何行動。

阿火等到一切都準備好了之後，才緩緩地坐了下來。

豆大的汗珠，從嫌犯的額頭上滑了下來。

「在開始之前，」阿火毫無抑揚頓挫地說：「你有沒有想要認罪，或者坦承一切犯行？」

「啊？」想不到對方會如此單刀直入，嫌犯先是挑眉，然後立刻一臉不屑地撇過頭去啐道：「又不是我做的，我要認什麼罪？」

阿火聽到嫌犯這麼說，頭側到旁邊，目光移到嫌犯身後，皺著眉頭說：「不是你做的，她為什麼會跟著你呢？」

「啊？」

嫌犯回過頭去，整間偵訊室裡面只有自己跟阿火，哪裡有什麼跟著自己的「她」呢？

「你不要在那邊瘋言瘋語，有什麼要問的，趕快問一問。」嫌犯催促著阿火。

阿火搔著頭，許許多多的頭皮屑，宛如雪花般飄落下來，看得嫌犯嫌棄地皺著眉頭。

「我老實跟你說吧！我有陰陽眼，」阿火持續搔著頭說：「那個被你殺死的女人，現在正惡狠狠地瞪著你，而且一臉怨恨地站在你身後。」

被阿火這麼一說，嫌犯雖然懷疑這是阿火在自導自演，但是仍不免有點緊張。

畢竟——人正是他殺的，這點就算可以騙過警方，也不可能騙過自己啊！

「依我看，她現在的怨念，還不足以讓她傷害你，不過，我想這是遲早的事情。」阿火搔著頭，完全沒有在觀察嫌犯的模樣，逕自說：「所以呢！我看啊，你最好還是承認一下比較好，不然……」阿火說到這裡，就沒有接下去了。

「不然怎樣？」嫌犯心裡多少也受到了阿火的影響，追問著。

想不到阿火緩緩搖了搖頭，不繼續說下去了。

嫌犯雖然感覺到有點恐怖，但是終究是懷著一不做二不休的心情，咬著牙對阿火說：「有什麼問題你就問，不需要在這邊裝神弄鬼，我沒有做過的事情，你也不能強迫我認！」

聽到嫌犯這麼說，阿火嘆了口氣，緩緩地搖了搖頭。

「沒辦法囉！不要怪我沒有勸過你。」

阿火說完，把眼神飄到嫌犯身後，對著無人的地方使了個眼色，然後緩緩站起身，朝門口走去。

想不到阿火那麼簡單就放棄，就連嫌犯都很驚訝地轉過頭去看著阿火。

誰知道阿火並沒有走出去，卻停在門口，抬起頭來仰望著天花板的一角。

「妳……」阿火對著天花板說道：「可以借用我的身體，不過先跟妳約法三章。」

看著阿火突然走到牆角畫圈圈，還自言自語，嫌犯挑眉狐疑地看著。

「首先，妳可以跟他把話說清楚，妳要說些什麼，我都不會干涉，不過先決條件是不准用我的身體動手。」阿火無視於嫌犯，繼續對著天花板說：「還有，妳只有三分鐘的時間，要是超過三分鐘，就算妳想走，妳也會因為跟其他……嗯，跟其他『人』產生融合而走不了。到時候不只妳苦，我也會跟著不幸，妳聽清楚了嗎？」

阿火看著天花板，等了一會之後，讚許地點了點頭。

然後阿火轉過身來，彷彿什麼事情都沒有發生，回到嫌犯的對面，重新坐了下來。

阿火深呼吸一口氣，然後抬起頭，對著嫌犯身後的無人空間說道：「來吧。」

嫌犯瞪著眼，看著阿火不知道在搞什麼鬼。

只見原本抬著頭，動也不動的阿火，突然向後一仰，整個人好像被什麼東西撞到似的。

從嫌犯的角度看不到阿火的臉部表情，更不知道此刻阿火到底在搞什麼鬼。

只見阿火掙扎不已，突然將頭一甩，嫌犯看到阿火的臉，立刻倒抽了一口氣。

阿火的臉，彷彿有無數的蟲在臉皮下爬，整張臉也因此扭曲不已。

嫌犯瞪大了眼，張大了嘴，驚恐地看著阿火那已經不太像是人類的臉。

阿火的雙眼更是詭異，此刻右邊的眼珠順時針轉個不停，而左邊的眼睛則是動也不動地瞪視著左上方。

就在這時，阿火突然用力地用頭撞擊兩人之間的鐵桌，砰的一聲巨響，然後動也不動。

突然用頭撞擊桌子的阿火，動也不動的宛如斷氣般癱在桌上。

嫌犯驚魂未定地看著，不敢輕舉妄動，過了一陣子之後，嫌犯臉色驟變，心知不妙，立刻站起身來。

靠！想不到他來這招。

想不到阿火會這樣傷害自己，尤其在沒有錄影，而且又拉起屏風的情況之下，自己很可能因為這樣被控襲警。

作夢也想不到阿火會用這種下三濫的招式，嫌犯拉長脖子對著左右大喊：「不關我的事！你們不要想這樣栽贓我！是他自己撞的！不關我的事！」

眼看阿火沒有動靜，又沒有任何人進來支援，嫌犯心急，轉身打算逃到門邊，踢門吸引其他員警趕來處理。

嫌犯來到門邊，抬起腳來正準備踹，身後突然傳來一個女子的聲音。

「你想要去哪裡？」女子叫道。

一聽到女子的聲音，嫌犯在空中的腳，不但沒有踢下去，反而還開始顫抖了起來。

怎麼可能！

嫌犯不敢相信自己的雙耳，因為這女人的聲音竟是如此的熟悉。

不可能，自己明明已經殺了她，她的聲音又如何從自己身後傳來呢？

嫌犯緩緩放下了腳，站穩腳步之後，慢慢轉過頭來。

只見原本應該癱在桌上的阿火，這時已經站了起來。

當嫌犯的目光與阿火的臉接觸的同時，嫌犯整個人被嚇到拱了起來，宛如一隻受驚的小貓。

此刻阿火的臉，已經不再宛如有無數的蟲在臉皮下爬，可是怎麼看都不像剛剛的阿火。

阿火的臉皮就好像剛拉過皮一樣，整張臉都變大了，雙眉向後揚起，眼睛也跟著吊了起來，不過這些都不是嫌犯驚訝的原因。

真正讓嫌犯嚇到屁滾尿流的，是在這樣驟變的臉上，嫌犯看到了一張熟悉的臉孔。

「你竟然——」阿火張開嘴說話，可是聲音卻完全是個女人的聲音：「敢殺我？」

一聽到阿火這樣說，嫌犯雙腿一軟，整個人坐倒在地上。

此刻的嫌犯就連疑神疑鬼的能力都沒有了。

他深信現在眼前的男人，根本已經變成了那個被他殺害的女人。

阿火沒給對方太多喘息的時間，邁開腳步朝著嫌犯走去，只是兩人之間原本的那張桌子，擋住了兩人，然而阿火竟好像沒有知覺般，用身子頂著桌子，滿不在乎的朝嫌犯走去。

桌子在摩擦地板之際，發出了刺耳的聲音，每一聲都好像地獄傳來的喪鐘般，宣告著死神的接近。

「就為了那個賤人——」阿火的雙眼不停轉動，並且毫無協調性，看起來更加駭人地說：「你不惜殺掉我？」

一切都超出了嫌犯的完美計畫之外，甚至超出了嫌犯所能理解的世界之外。

就算那女人是全世界知名的名人，也不可能有人像此刻的阿火般，變臉又變聲，模仿得如此真實。

嫌犯移動著無力的雙腿，朝門口爬去，嘴裡不斷顫抖地發出求助的訊息：「救——救命，不——不要過來。」

完全無視於嫌犯的無助求援，阿火仍然推著鐵桌，硬是朝嫌犯而來。

整張桌子就這樣被推到了嫌犯前面，嫌犯低著頭，整個人順勢爬到桌子底下。

阿火被桌子擋住，看不到嫌犯，嫌犯才剛鬆一口氣，想不到阿火竟然伸出手，朝桌子一刺，鐵製的桌子就這樣被戳穿了。

一雙手就這樣穿過桌子，嚇得嫌犯在桌子底下尖叫不已。

突然擁有怪力的阿火，將兩手朝外一撐，整張鐵桌硬生生被撕開。

「嗚哇！啊！不要過來！」嫌犯邊叫邊退回門邊。

「我要你一命抵一命！」阿火用女人的聲音叫道。

嫌犯無力地用手指抓著門，宛如在絕壁的懸崖峭壁上試圖攀岩向上的人般，可是光滑的門沒有半點可以著力的地方。

沒給嫌犯逃跑的機會，阿火朝嫌犯一撲，伸長雙手準備去掐嫌犯的脖子。

就在兩手即將抓到嫌犯頸子的時候，阿火的雙手硬生生停在空中。

阿火的臉又開始了強烈的變化，早已經被嚇壞的嫌犯，不敢輕舉妄動地看著阿火的臉，想不到阿火的臉最後竟然變成左右臉完全不對稱。

「我不是說過……」阿火竟然只有左邊的嘴唇在動，感覺似乎非常吃力，而且是用原本阿火的聲音說：「不能用我的身體動手嗎？」

阿火話才剛說完，右邊的嘴唇立刻上揚動了起來，竟然是女人的聲音叫道：「不殺了他，我怎麼也不甘心！」

女人吼完之後，右手立刻朝嫌犯抓過去。

阿火的左邊見狀，立刻拉住嫌犯的衣領，將嫌犯拉到自己左邊，躲過了這一拳。

就這樣阿火的右手不斷揮拳，想要攻擊嫌犯，而阿火的左手扯著嫌犯的衣領，不斷將嫌犯拉到右手所不能攻擊到的地方。

阿火的右手一揮，朝嫌犯的下體攻了過去，阿火的左手用力一扯，將嫌犯拉開，躲過這一拳，右手的拳頭直直打中被撕成兩半的鐵桌。

鐵桌被右拳打凹，頓時成了廢鐵。

阿火的左邊眼看這樣糾纏下去不行，說不定還會一個不小心擊中自己的左半身。

他順勢將嫌犯拉了起來，然後左腳一勾，左手一甩，竟然將嫌犯摔了出去。

阿火的右邊見到嫌犯被摔出去，立刻邁開右腳準備過去追擊，想不到左腳竟然不動如山，站在原地動也不動。

阿火的左邊試圖對著自己的右邊喊話。

「聽我說，妳這樣報仇，只會害妳自己罪孽更深。」阿火的左邊說道：「妳這樣對他動手，不只害了妳自己，也會害了我，更會讓他逍遙法外。」

「我不管！只要可以殺了他報仇，就算下地獄我也甘願。」阿火的右邊叫道。

女人一說完，牽動著阿火的左半邊，不管阿火的意願，用拖行的方式，一步接著一步，朝嫌犯移動。

「這樣好不好？」眼看女子不願意放棄，阿火繼續說道：「只要他認罪，並且接受法律的制裁。這樣也算是妳為自己報了仇，妳就放過他吧！如果他還是不認罪，那不用妳動手，我親自幫妳報仇，這樣可以了吧？」

阿火的右邊眼睛，轉向左邊，看起來一左一右形成鬥雞眼的模樣。

女子用右邊的眼睛，看了阿火左邊一會，然後撇過頭去，繼續朝嫌犯前進說道：「哼！不行！好不容易可以報仇，我今天一定要殺了他。」

眼看好說歹說，女子就是不肯就範，阿火的左邊眉頭一皺，哼了一聲說道：「妳不要敬酒不吃吃罰酒，如果妳還是執迷不悔，那我就讓妳永遠困在我的體內，看妳怎麼報仇！」

聽到阿火這麼說，女子停下來，將目光又投向左邊的阿火，冷冷地說：「你敢？」

女子話才剛說完，立刻策動右邊的手揮向阿火的左臉。

想不到女子快，阿火的左手速度更快，不但立刻用左手擋住了右手的攻勢，順勢一巴掌就這樣揮在女子，也就是阿火的右臉上。

這時阿火的左邊臉龐瞬間扭曲了起來。

阿火左邊的臉孔不斷變化，也不斷發出不同音調的聲音，有時是男人，有時是女人，更有些時候聽起來像是稚氣未消的小孩。

所有不同的聲音，一起責備與勸說起女人來。

「女人！妳以為只有妳有冤屈嗎？他媽的！妳別太囂張啊！」阿火的左邊用極為粗獷的聲音罵道。

想不到話才剛說完，毫不喘氣的阿火左邊立刻變成一個年輕女子的聲音：「就是說嘛，姐姐妳何必這樣執迷不悟呢？」

年輕女子的聲音才剛說完，阿火的音調瞬間下沉，明顯轉變成為一個年長的女子聲音說道：「唉，大家都是姐妹，妳的痛苦我了解。妳相信我，就算阿火不幫妳，我也會幫妳。」

「廢話那麼多幹嘛？」阿火的左邊突然轉變成兇狠無比的模樣，用極為粗魯的男人口氣罵道：「她以為她誰啊？她敢留下來，老子一定踹死她！」

男人罵完之後，伸手朝阿火右邊的頭顱抓去，然後用力向外一甩。

就在阿火這一甩之下，女子的魂魄竟然被拉出來了。

明明沒有陰陽眼的嫌犯，因為剛剛與鬼魂接觸，加上現在又驚嚇過度，導致陰盛陽衰。

就在阿火甩這一下的時候，嫌犯竟然清楚地看到了，那個被他殺害的女人，真的從阿火身上被扯出來，並且朝他這邊飛了過來。

只見女人那張滿是鮮血，充滿怨恨的臉就快要撞上自己，嫌犯眼前一黑，整個人暈了過去。

就在女人被丟出來之後，阿火跪倒在地上，用力地喘氣。

偵訊室一片寧靜，只剩下破爛的鐵桌倒在地上。

調整了一下氣息後，阿火疲憊不堪地從地上爬起來。

鼻子嗅到一股惡臭，讓阿火皺著眉頭捏住了鼻子。

朝嫌犯看過去，只見嫌犯的褲子黑黑地濕成一片，惡臭就是從那裡傳來的。

原來在剛剛這一陣混亂中，嫌犯早就被嚇到屁滾尿流，整件褲子都發出了異臭。

阿火看著滿目瘡痍的偵訊室，搔搔頭苦著臉，深深地嘆了口氣。

唉，又闖禍了。

阿火心裡想著，但是也只有無奈。

搖搖頭，他轉身離開了偵訊室。

在阿火離開後，看到滿目瘡痍的偵訊室，認定阿火嚴重刑求的員警們，也只能屁股擦乾淨，準備挨告。

想不到嫌犯清醒後，竟然態度一百八十度大轉變，不但完整供出自己的罪行，還立刻表明願意接受任何法律制裁。

除此之外，嫌犯意外的要求宗教協助，希望可以讓宗教開導自己，為自己所犯的一切罪行贖罪。

就像上次楓的到來般，這又是一次方正特別行動小組成功的支援，但是因為阿火已經關掉所有監視設備，所以又一次，這些員警還是不知道到底他們這些人是用什麼方法，快速解決難纏的案件。

4

阿火跟其他幾個被人稱為方正四天王的隊長一樣，都是來自破碎的家庭。

聽說阿火的父親，早在阿火剛成形，才被宣布為一個生命體的時候，就下定決心要離開阿火的母親了。

阿火的母親，本來期待著阿火的出生，可以挽回負心漢的心，可惜事與願違，阿火的母親在生下了阿火後不久，就十分後悔生下他。

阿火的母親出生在一個迷信的家庭，自幼就相信這些怪力亂神故事的她，找上了一個法力高強的法師。

一切都只為了那個男人，阿火的母親不惜使用任何方法，只求阿火的父親可以回心轉意。

但是想不到才剛入門不久，就被師父發現阿火的母親想要偷看他記載了法術的秘笈。

最後，因為師父知道阿火的母親心術不正，與她斷絕了師徒關係。

偏偏，阿火的母親當初在偷看秘笈時，學到了幾招粗淺皮毛，但又非常損人不利己的法術——

招魂養鬼術。

雖然這招無法讓阿火的父親回心轉意，但是卻意外讓阿火的母親找到了一條謀生的道路。

阿火的母親就用這樣的法術，盡可能到處詐騙人家的錢財。

然而，想要使用這樣的法術，必須付出的代價就是她需要一個容器，裝存這些被她招喚出來的鬼魂，而且這種容器必須是生贄。

最後，阿火的母親選擇了自己的親生骨肉。

這就是阿火被這些鬼魂佔據的初始。

雖然阿火的母親過沒多久就引火自焚，被自己招喚出來的惡靈所殺。

但是，阿火卻一輩子得要背負著容器的命運。

雖然阿火從來沒有說過自己痛恨這樣的母親，但是他投身警察最主要的原因，就是希望類似的悲劇，不要再發生在別人身上。

可是，在外人看來，阿火像是嚴重人格分裂的精神狀態異常，在警界的生活簡直可以用生不如死來形容。

對阿火來說，生命就好像一條船。

只是對大家來說，這是艘單人船，但是對阿火來說，他的船上卻有許許多多的乘客。掌舵的人，不見得每次都是阿火本人。

在遇到阿山之前，阿火的人生是徹底孤單的，起碼就現實生活來說。

當一個人的身體有著許多靈魂的時候，就已經注定了這輩子的朋友只有來自於自身體內的那些「人」。

畢竟沒有人會想要跟一個前一秒鐘還是文質彬彬的少年，下一秒鐘卻變成菜市場裡面的屠夫，這樣難以相處的人做朋友吧？

可惜，阿火並不能選擇哪些「人」可以上自己這艘船。

所以，在阿火的體內，從以前到現在，已經有過了上百個「乘客」。

對阿火來說，那些路過一下，或者是住個幾個月就搬離的乘客，還算是好乘客，偏偏有一些鬼魂，死賴著這艘船不走。

時間久了之後，這些鬼魂彼此互相共存，變成了一個強大的吸體，導致許多鬼魂只要在阿火的身上待過一段時間，就很可能被這個強大的吸體吸收，那時就算想走也走不了了。

七十二。

如同孔老夫子的門徒，這是目前在阿火身上的靈魂數量。

一般來說，鬼上人身，不管是對被上身的人來說，還是對上人身的鬼來說，都是件吃力不討好的事情。

被上身的人，生理方面會產生的不適就不需要多加贅述，而心理方面，被上身的人除了失去對身體的主控權外，在意識封閉的角落中，心智也會越來越難維持正常。

對上人身的鬼魂來說，人只要還活著，就會有陽氣。

雖然陽氣的強弱因人而異，但是即便是任凡或阿火這種極陰之人，身上還是會有些許陽氣。

這是身為活人的證據，也是活人賴以維生的一口氣。

鬼魂沒辦法消滅這種陽氣，除非這個活人死了。

但是就阿火來說，他的陽氣因為他母親胡亂施法的結果，被封住了。

就好像阿火是輛列車，陽氣只被鎖在其中一節車廂。

這對鬼魂來說，簡直就是天上掉下來的禮物，只要他們不要走進那節車廂，就不會被阿火的陽氣所傷。

換言之，上阿火的身，可以說是百利而無一弊。

於是，阿火成了眾鬼魂間口耳相傳的人間列車，可以讓大夥上身，根本就等於一具活著的屍體。

然而，搭乘這列車的鬼魂一多，彼此交纏的結果，反而跟這輛列車形成了生命共同體。

現在的阿火，只要有新的鬼魂上身，就有融合的危機。

只要鬼魂待上一陣子，就會發現自己出不去了。

一旦發生這樣的情況，不管對那個鬼魂或者阿火來說，都會演變成一發不可收拾的悲劇。

為了融合這個新鬼魂，這輛人間鬼魂列車，會開始互相吞併廝殺，直到找到這個新鬼魂的棲身之所為止，這樣的紛爭才會告一段落。

也正因為這樣，只要發生這樣的事情，阿火就會被迫回到那間比監獄還要戒備森嚴的醫院，開始他漫長的沉澱過程。

這是阿火無法擺脫的宿命。

而快要被趕出警界的阿火，在好友阿山的推薦之下，加入了特別行動小組。

跟其他人一樣，阿火在這個地方，找到了自己的歸屬。

5

「您所撥的電話，現在沒辦法回應……」

掛上撥給爐婆的電話，方正嘆了一口氣。

看樣子爐婆還在生上次方正放她鴿子的氣。

「唉——」

從早上開始，方正就已經不知道連嘆了多少口氣。

方正的辦公桌上擺著一疊新送來的獎狀。

除了頒給他自己的那張之外，這些獎狀也分別表揚了方正特別行動小組四大隊長與專屬法醫溫佳萱。

方正特別行動小組的名聲與地位與日俱增。

現在，方正特別行動小組在警界已經是無人不知、無人不曉的大組織。

可是身為大隊長的白方正卻越來越心虛。

這樣的心虛，從桌上放著的那個小瓶子，可以看出一點端倪。

那個瓶子裡面，裝著隱約透著綠色光芒的液體，這是方正的好友，也是黃泉界赫赫有名的黃泉委託人——謝任凡贈送給他，最珍貴的禮物。

這個瓶子正是方正最大的秘密，也是他驚人辦案能力的來源。

依照任凡的說法，這個瓶子裡面裝的是鬼魂身上的靈晶，作用是讓方正這種天生沒有陰陽眼的人可以開眼見鬼。

只要在眼睛上點上一滴，立刻可以跟靈界接軌，見到所有鬼魂。

這就是方正最大的秘密，也是他之所以辦案如此高超的原因。

當別人還在找尋犯人遺留的線索，試圖拼湊整起案件的來龍去脈時，方正已經從被害人的鬼魂口中，親耳聽到兇手的名字，甚至整起案件的始末。

然而，在任凡離開的這些日子以來，方正已經使用過不少次靈晶，現在靈晶只剩下一半了。

方正不敢想像當靈晶用完的時候，自己這方正特別行動小組的組長身分，該如何走下去。

看著只剩下一半的靈晶，方正又深深地嘆了口氣。

「唉。」方正看著窗外的藍天，心情卻十分沉重。

終究，靠著這種特殊的優勢辦案，心情一點也不踏實。

現在自己在警界的地位，或者坐享的高薪，都不是方正所眷戀的。

真正讓方正眷戀的是正義獲得伸張之後，那種滿足感。

遺憾的是，如果沒有這些優勢，方正根本沒有足夠的腦袋與能力，像現在一樣屢破奇案。

所以，方正自己也非常清楚，當這瓶靈晶耗盡的時候，也就是方正傳奇畫上句點的時候。

看著桌上擺著，同樣獲得表揚的這四個他一手提拔的小隊長獎狀，方正知道，在傳奇畫下句點的那一天之前，自己所必須扮演的角色。

只要能夠讓這四個小隊長，也就是眾人口中的風林火山四隊長成為辦案高手，那麼自己就算離開警界，也不怕未來的日子裡，正義無法獲得伸張。

這是方正唯一可以安慰自己的地方。

一切都賭在這四個人身上了，這是方正一開始就有的覺悟。

只是沒有想到，靈晶消耗的速度比自己預期的還要快，說不定，剩下的靈晶，撐不到一年了。

可是，眼下這四個人都還沒能夠從自己的宿命枷鎖中掙脫。

四個人都是方正親自挑選的，對於他們的過去，方正比任何人都了解。

現在的方正，等於是在跟時間賽跑。

他只能希望，在靈晶耗盡的那天之前，哪怕只有一個人也好，他也希望自己可以幫助他解除身上的枷鎖，並且繼承現在的自己。

但是計畫永遠趕不上變化，別的不說，光是阿火一個人，就讓方正覺得非常為難了。

桌上除了擺著要給眾人的獎狀之外，另外一邊擺著的正是阿火的醫療報告。

報告上面寫著，關於阿火這次的狀況。

還記得當初在阿山的強力要求之下，方正答應延攬阿火的情況。

那時在阿火身上寄居的靈魂數目，只有三十個左右。

誰知道在這短短半年之中，阿火身上的靈魂竟然多達七十二個。

這代表著擔任第一線的工作，對阿火來說，太過於沉重了。

隨時跟這些冤靈、鬼魂接觸的結果，就連方正特別行動小組其他的成員，都不乏被鬼魂上身的情況，更何況對鬼魂來說，就像上下車一樣簡單的阿火？

或許，該把阿火調到內勤了。

可是，方正比任何人都還要了解阿火。

將他調離前線，等於間接否定了這段時間裡面他所做的努力。

但是，如果繼續讓他待在前線，只怕阿火這個容器，總有裝滿的一天，不，說不定現在已經滿了，而一直超載的結果，只怕隨時都可能讓阿火身受其害。

如果繼續這樣下去，說不定再一次的爆發，就會讓阿火永遠無法回復意識，整個人徹底瘋狂。

在看過阿火出院的報告之後，方正就一直苦惱著這個問題。

原本希望可以得到專業法師的見解，誰知道爐婆還在生氣。

這讓方正真的不知道該如何是好。

每每到了這種無助的時候，方正都會想起一個人。

不知道現在的他在歐洲，過得如何？

現在或許只能祈禱他可以早日找到自己失蹤的母親靈魂，快點回來。

這樣，自己或許就會有足夠的時間，慢慢將四個人培養成自己的接班人，也或許可以順利解決阿火的困擾。

但是，一切只能寄望著他人的感覺，讓方正原本就不是很踏實的心更加不踏實。

可是，此刻的方正能做的只有嘆氣而已。

因此，他又嘆了一口悠長的氣。

「唉——」

任凡，要是你在身邊就好了。

第2章・Mr.Z

1

在任凡與借婆衝突前一週。

被任凡當作根據地的古堡，此刻跟往常一樣寧靜。

「哈啾！」任凡大大地打了個噴嚏。

「你還好吧？」站在任凡辦公桌對面的男子擔心地問道。

任凡搖了搖頭，揉著自己的鼻子，似乎對這突然的噴嚏，感到納悶。

過了一會之後，任凡抬起頭來，凝視著男子。

男子被任凡這一看，慚愧地低下頭去。

這男子不是別人，正是曾經在台灣與方正有一面之緣的馬可波羅。

馬可波羅彷彿做錯事情的孩子般，低著頭不敢說話。

任凡目光銳利如刀，盯著馬可波羅，半晌後才慢慢用手指著掛在牆上的一對寶刀。

「那對寶刀，是沙漠之狐隆美爾送給我的。」任凡說道：「他不過就是要我幫他找回一件當年失蹤的文件，並且將它送給自己的子孫。」

聽到任凡這麼說，馬可波羅苦著臉，轉頭看向那對寶刀。

寶刀銳利依舊，閃著駭人的光芒。

任凡指向另外一邊，那裡的牆上掛著一幅畫。

「那幅畫，是達文西給我的。」任凡冷冷地說：「他不過就是要我把一封信，交給某人的後代，當作了結一樁心事。」

馬可波羅的臉跟著轉向另外一側，看著那幅從來沒有曝光過的大作，臉上的表情宛如死了親人般哀戚。

「你呢？」任凡攤開雙手說：「你給了我什麼？」

聽到任凡這麼說，馬可波羅就好像落榜的考生般，垂頭喪氣。

「好，好，好，我們不要說其他的。」任凡將手盤在胸前，仰著頭說：「你騙我去打凱撒大帝，你自己說，這筆帳要怎麼算？」

「Z大哥，不，親愛的任凡大人，你這樣豈不是要我上吊給你看？」馬可波羅苦著臉說：「是你自己問我說，哪裡有大量被囚禁的鬼魂，我給你的資訊也沒有錯啊！凱撒大帝的確抓了很多鬼魂啊！你在打倒他之後，不是解放了很多鬼魂嗎？」

看著馬可波羅一臉無辜的模樣，任凡不屑地撇過頭去，白了馬可波羅一眼。

「哼，你這是在唬我嗎？你自己心裡明白，凱撒那傢伙在埃及豔后的詛咒下，說難聽一點，不過只是盤踞一方的山賊頭目，他哪來的能力突然在這三十年間去東方囚禁一個東方的靈魂？」

不管是生前還是死後，會把凱撒大帝比喻成小小山賊頭目的人，古今中外、陰陽兩界大概也只有任凡一個人了。

「他被埃及豔后限制住，根本不可能離開他的地盤。你會不知道？」

馬可波羅被任凡這麼一說，又只能低頭懺悔。

「哼！如果不是我在最後決戰的時候請來埃及豔后，這次我都不知道怎麼死了，你還敢在這邊給我裝傻？」

馬可波羅聽到任凡這麼說，抬起頭來想要解釋，但是看到任凡那臭到不行的表情，馬可波羅不敢辯解，張開口半天，只能無奈地說道：「對不起囉！我真的只是……只是一時沒有想清楚。」

任凡冷冷地看著馬可波羅。

馬可波羅搔搔頭說：「不然這樣好了，我繼續幫你打聽看看，看哪裡還有大量被囚禁的鬼魂，這樣可不可以？」

「不必了。」任凡揮揮手，「誰知道你會不會又拐我去打什麼大王、大帝的？像這種虧本的生意，一次就好。更何況……」

任凡敲了敲自己身後的那些木板。

「別的鬼魂也就算了，你好歹也看得懂中文，這些原則你別跟我說你不知道。」任凡皺著眉頭不悅地說：「好啦！你就給我杵在這裡，好好想想有沒有什麼報酬可以讓我滿意的，我現在要去處理委託了。等我解決瑞克男爵的委託，再來聽聽看你要怎麼解決這筆帳。」

任凡說完之後，站起身來朝辦公室的門走去，也不管馬可波羅，逕自走出辦公室。

整間偌大的辦公室，只剩下無奈的馬可波羅，與任凡留下的這個難題。

2

一年前，任凡離開台灣前夕。

在離開之前，任凡照著撚婆給他的住址，來到了這裡。

公園裡面，一對中年夫妻帶著一對兒女，正在享受天倫之樂。

任凡遠遠地看著。

對從小就在撚婆身邊長大的任凡來說，這種場面自己這輩子從沒有享受過。

自小就失去母親，連自己的小命都是從母親已斷氣的肉身中搶救出來。

這種一家和樂融融的景象，讓任凡感到渾身不自在。

在任凡的眼裡，一切都好像扮家家酒般不真實。

畢竟，那個沉醉在天倫之樂的中年父親，在很多很多年以前，在任凡模糊的記憶中，自己也曾經叫過他父親。

只是，在那段歲月之中，任凡不記得有看過這個叫父親的如此歡樂，如此滿足過。

每次看著任凡時，他總是眉頭深鎖，滿臉愁容。

而現在的他與後來再娶的女子，建立了一個幸福的家庭。

滿臉洋溢著幸福快樂的模樣，讓任凡感到陌生。

自從將任凡過給撚婆當養子之後，這個做父親的，就幾乎沒再來看過任凡。

人的一生，總有些事情希望被埋葬，永遠不要被提起。

這可能是這個人的挫敗，也可能是曾經犯過的錯誤。

但是對任凡來說，真正難受的是，這個錯誤與想要被埋葬的過去就是自己。

只有放下過去，才能真正走向未來。

在任凡眼中，這一家和樂融融的景象，正是他父親走出過去的證明。

反觀自己，卻還執著於追求自己母親的靈魂。

任凡心中響起撚婆曾經說過的話──

「你為什麼老是用自己的想法去想別人呢？對你媽的事情是這樣，對茹茵也是……」

這是幾天前，任凡向撚婆告別的時候，撚婆說的話。

當然，任凡非常了解撚婆所說的事情是什麼。

對於茹茵，任凡知道自己的命會剋死她，於是毅然決然在開始前，就終止了兩人之間的情感。

任凡沒有徵詢過茹茵的意見，任凡認為，與其讓茹茵決定，不如自己了結這一切。

任凡的這種個性，除了來自本身的固執外，或許也因為從小就擁有陰陽眼的他，早就已經認定自己這輩子沒有資格得到幸福。

相對地，任凡也一直認為，自己的母親是為了自己而犧牲。

哪怕對於自己母親的印象，只有一個姓名與一些從撚婆那邊所得到的資料而已。

但是任凡仍然一廂情願的認為，母親之所以會消失在陰陽兩界，跟自己的命格絕對有關。

簡單來說，任凡打從懂事以來，就已經非常清楚，自己的誕生，說難聽一點，只是為了還債而已。

這樣的想法，讓任凡有了堅韌的一顆心，不管遭遇任何不幸都可以逆來順受，但是同時也造就出今天他這樣的個性。

如果可以，任凡怎麼也不想現身在自己父親的面前。

但是，現在不是可以任性而為的時候，在正式前往歐洲之前，他需要親耳聽到當年母親的第一手訊息，哪怕這些訊息沒有辦法告訴任凡該從哪裡著手，哪怕這些訊息只是母親當年的一些生活習慣等瑣碎的事情，任凡都想要知道。

而能夠提供這個訊息的人，只有他而已。

遠處，那個原本一家和樂的男主人，看到了站在那裡的任凡。

他的臉立刻垮了下來。

不需要別人介紹，畢竟身上流著的血液裡面，殘留有類似的DNA，任凡的父親一眼就認出了任凡。

就連任凡他父親的妻子也驚訝地看著任凡，畢竟任凡長得就像自己丈夫年輕時的模樣。

任凡的父親向妻子交代了幾聲之後，便起身朝任凡走了過來。

任凡的父親叫羅堂林，任凡的母親叫謝佳儀。

彷彿預言著這個父親終將會離棄自己的骨肉，佳儀當年讓任凡從母姓。

他的名字，是在佳儀被人殺害後，送到醫院時，在佳儀的遺物中發現的。

任凡從撚婆那邊，聽到關於自己出生的故事。

據說，自己還在佳儀肚子裡時，佳儀遇到了暴徒。

那些暴徒活生生將佳儀打到斷氣，送醫之後，就連還在佳儀腹中的任凡也沒有了心跳。

經過醫生不放棄的搶救，任凡撿回了一條命。

但是母親佳儀，在急救後卻仍然回天乏術。

而羅堂林在事後趕到了醫院，並且在佳儀遺留的錢包裡，找到了一張摺疊整齊，小心收藏，寫有謝任凡這個名字的字條。

於是為了尊重已經過世的佳儀，堂林將自己的兒子，取名做謝任凡。

堂林很快就發現任凡擁有非常強大的靈力與陰陽眼，因為這對堂林來說一點也不陌生。

畢竟，從小就認識佳儀的堂林，知道自己兒子這恐怖的陰陽眼是其來有自。

佳儀本身就擁有很強大的陰陽眼，而這點完全遺傳給了任凡。

堂林與佳儀是青梅竹馬的戀人，自然對這一點也不陌生。

自從發現任凡有陰陽眼後，堂林與任凡之間的感情就產生了變化。

畢竟如果不是陰陽眼，或許佳儀就不會加入那個詭異的宗教組織，如果沒加入那個宗教組織，或許佳儀就不會死。

對堂林這個沒有陰陽眼的人來說，這種能力是一種詛咒。

而在母親腹中逃過一死的任凡，並沒有因為這樣就一路順遂。

年幼的任凡大小病不斷，怪事也不斷。

相對地，堂林在任凡出生之後，也沒過過半天好日子。

老一輩的人勸堂林帶任凡給法師看看。

一連找上了好多法師，每個看到任凡都只是搖搖頭。

只有一個專門用香爐幫人算命的算命師，白目地直言要堂林準備辦喪禮，這孩子養不大。

堂林聽了立刻求那個算命師解救他們父子倆。

於是在那個算命師的引介之下，堂林帶著任凡來到了算命師的師姐面前，那個師姐正是撚婆。

而那個專門用香爐幫人家算命的算命師，正是多年後成為方正乾媽的爐婆。

撚婆告訴堂林，任凡的命格太過陰，除非有修練過法術或者萬中選一的人，才有可能不被他剋死。

就在堂林走投無路之際，撚婆提出了一個解決的辦法，那就是讓她收任凡為養子，並且與她一起生活。

自從知道任凡有陰陽眼之後，堂林就知道這孩子永遠不會跟自己親近，就好像他母親佳儀一樣，擁有的鬼朋友可能比現實生活還多。

於是堂林接受了撚婆的建議。

一開始，堂林還會去看任凡，但是相隔的時間越來越長，一直到任凡七歲，就再也沒有見過堂林了。

「她常常自言自語。」

在得知任凡此行的目的後，堂林這麼形容著任凡他媽。

「我記得，不管什麼時候見到她，」堂林苦笑道：「她總是不知道在跟誰講話似的自言自語。當然，過了一陣子之後，我就知道她在跟什麼東西說話了，只是在我印象中，一直沒有擺脫她喜歡自言自語的形象。」

佳儀沒有留下任何照片，所以任凡完全無法想像。

「如果當年你媽沒有加入那個詭異的組織就好了。」堂林臉色一沉說道：「當年，你媽就是因為加入了那個組織，好像在日本闖下了大禍。」

「什麼樣的組織？」

「實際的情況我不是很清楚，但就是那種很像宗教組織的神秘組織，可是聽你媽形容，又好像徵信社。」

又像宗教組織，又像徵信社？任凡皺著眉頭，不是很理解這到底是什麼樣的機構或組織。

「我跟你媽是小學同學，後來她去日本留學，在日本時就加入了那個組織。」堂林說：「當你媽回到台灣找上了我尋求我的幫助時，雖然她沒有說，但從她當時的一舉一動，我也猜到她在跑路。不但如此，她還帶著一個男人與一個女人來投靠我。那個男人矮矮的，是個隨身都會帶著兩把武士刀的日本人，他們跟你媽都是那個組織裡面的人。而另外那個女人……我印象很深刻，因為她有一對紅色的眼睛。而且從你媽對她的言行看來，她似乎在那個組織裡有非常高的地位。」

堂林抬起頭來，深深地嘆了口氣。

「後來不知道為什麼，那個紅眼睛的女人被人殺了，這件事情也是你媽告訴我的，然後為了不牽連我，她跟那個男人一起離開了。等到我再次收到消息的時候……就是她……」

從堂林的口中，不難想見當年的慘狀。

「你知道當年她在日本發生什麼事情嗎？」任凡皺著眉頭問。

如果這件事情直接導致了佳儀的死亡，那麼佳儀的靈魂失蹤，應該也跟這件事情有關才對。

「不知道，你媽對於這件事情一直都守口如瓶，不肯對我透露任何事情。」堂林苦著臉說：「所以我才說，她如果不是加入那個什麼組織。唉……我曾經試圖想要問她關於日本的事情，但是她卻告訴我，知道的越少對我越好。」

任凡聽完之後，沉默不語。

見到任凡的模樣，堂林心中五味雜陳，雖然父子倆的分開是對兩人來說都好的一個決定，但是堂林心中還是有股沒有盡到父親責任的愧疚感。

「我知道，你跟你母親一樣，都有……」堂林面露難色地說：「我曾經試圖扮演好父親的角色，但是……」

任凡搖搖頭示意堂林不要再說下去了。

因為這樣的話，對兩人來說，還是不說比較好。

有些事情的確永遠都別提才是好事。

就好像任凡的父親想要埋葬過去一樣。

「你差不多該回去了。」

任凡指著父親的新妻子和那一群與任凡毫無關係的同父異母的弟妹。

這時他們已經停下手邊的遊戲，正緊張不解地望向任凡這邊，似乎對這不速之客，感到不安。

堂林點了點頭，開口想要說什麼，任凡卻在他說出口之前搖了搖頭。

終究還是兩父子，或許除了相似的長相之外，還有些心靈的默契。

因為任凡從來不責怪他的父親，他今天來也不是為了討回任何東西，而是為了他母親的過去而來。

堂林告別了任凡，重新回到那和樂融融的世界裡去。

不知道他會怎麼跟其他家人形容自己？

這不會是任凡想知道的，也不是任凡真正在意的。

對任凡來說，堂林所說的與自己所得到的情報，相差甚遠。

到底母親的靈魂在哪裡？

從堂林所說的話來推測，整起事件一定與當年在日本發生的事情有關。

但是從武則天那邊得到的消息，佳儀被抓到歐洲去。

以武則天的個性來推測，這個情報正確的可能性非常高。

畢竟這是她拿來當作保命符的東西，不可能是錯誤的情報。

所以，經過考慮之後，任凡決定照原定計畫前往歐洲。

畢竟這已是多年前的事情，當事人說不定都已經不在人世間了，很難從那邊著手。

但是如果到歐洲去的話，任凡相信自己總是有辦法可以找到。

想起來也諷刺，在黃泉界享有盛名的黃泉委託人，最有名的就是找人。

不管是人還是鬼，只要你付得出報酬，黃泉委託人都可以幫你找到。

這件事在黃泉界可以說無人不知、無人不曉。

但是，他卻連自己母親的靈魂身在何處都不知道。

為什麼武則天會知道任凡母親的下落？

這點一直困擾著任凡。

告別自己的父親之後，任凡回到住處，整理好行李，按照原定計畫前往歐洲。

任凡到了歐洲之後，人生地不熟的他一時之間也不知道該如何找起。

後來，他決定在歐洲打響自己的招牌。

畢竟再怎麼說，這是任凡最與眾不同的優勢，他也相信這條老路，最後可以引導他達成目的。

然而與當年不同的是，這並不是任凡第一次成為黃泉委託人，所以任凡打從一開始就非常駕輕就熟。果然在特價優惠的情況下，幫幾個歷史名人處理過幾次委託後，生意又像當年在台灣一樣蓬勃，而任凡的名聲也跟著水漲船高。

唯一的差別是，在台灣黃泉的鬼魂們叫任凡為黃泉委託人，而在這裡，他們叫他Z先生，如此而已。

第3章·解決之道

1

在考慮了所有可行辦法之後，方正決定找爐婆。

畢竟，到頭來方正還是只能找爐婆幫忙。

因為任凡走了之後，方正唯一認識可以解決阿火這方面問題的人，就只有爐婆了。

於是方正離開特別行動小組後，立刻去買了一堆禮品，準備好好向爐婆道歉，並且詢問她關於阿火的事情。

方正提著大包小包代表著歉意的禮品走入爐婆的家。

以為生意上門的爐婆，原本還堆滿了笑容，但是一見到方正，臉立刻垮了下來。

「乾媽。」方正點了點頭叫道。

「哼！」爐婆哼了一聲，白了方正一眼說：「我沒你這乾兒子，竟然敢放我鴿子！」

「唉唷，乾媽，我不是跟妳解釋過了？」方正苦著臉說：「上次真的是意外，想不到兇手一直跟著我們，所以還沒來得及跟妳聯絡，就已經被他暗算了。」

「你來不及回來這我可以接受，但是你總該打通電話過來吧？」爐婆瞪著方正說：「害我還把好久沒穿的那件抓鬼專用的道袍拿出來洗，就連所有傢伙也都拿出來保養一下，結果咧？讓我像白痴一樣從晚上站到白天，電話也不通。」

「那邊電話真的不通啊！」

「開什麼玩笑，你不是高級警官嗎？警政署不是還為了你開了一個什麼方正阿里不達小組？電話不通，難道不能派個手下來跟乾媽我說一聲？我看啊，你根本就忘記有跟我約了，對不對？」

「唔。」聽到爐婆這麼說，方正立刻變成一張苦瓜臉。

畢竟他與佳萱的確是在事件解決了之後，才猛然想起與爐婆之約。

「你看！我就知道。」爐婆用手指著方正那張苦瓜臉叫道：「你自己說，這筆帳該怎麼算？」

方正苦著一張臉，想了半天也只能擠得出了無新意的那句話。

「對不起囉。」方正看爐婆絲毫不被這句話打動，於是皺著眉頭問道：「不然，乾媽妳說要怎麼辦就怎麼辦吧！」

在方正說出這句話的同時，他腦海裡面只想得到錢，可能罰點小錢了事吧。

不過看到爐婆那不懷好意的笑容，方正知道自己不只錯，而且還可能錯得離譜。

2

街道上人來人往，台北的街頭一如往常地忙碌。

不斷穿梭而過的上班族，正低著頭快步朝自己的目的地走去。

一個高大的男子，拿著看板，矗立在人群之中。

男子的個頭高大，以至於特別顯眼。

所有路人經過男子身邊的時候，竟然都會不自覺地停下來一會，看看男子手上的牌子，然後笑著離開。

兩名員警巡邏到了附近，遠遠就看到那個高大的男子。

原本還以為是附近的建案請來工讀生打廣告，誰知道一看牌子上面寫的竟然是算命。

兩個員警互看一眼之後，一起朝男子走過去。

還沒走近就聽到那男子有氣無力地說：「卜卦算命，一問五百，五問八折，等於問四題送一題喔！這麼好康的事情，哪裡找喔！」

雖然聽起來是廣告詞，可是男人有氣無力的聲音，甚至一點高低起伏、抑揚頓挫都沒有，這是哪裡找來的兩光工讀生啊？

其中一個員警立刻上前去，拍了拍男子的肩膀，並且說道：「喂，你在這裡舉這是什麼看板啊？」

員警一抬頭，看到男子的臉，整個人就好像被下了定身咒。

另外一個員警沒有注意到前面那人的反應，跟著走了過去，接著一起說：「你該不會是什麼詐騙集團吧？現在的詐騙集團還真囂張，竟然大剌剌在這種地方舉廣告！走走走，再不走就帶你回局裡調查。」

員警走到前面同事的後面，一起抬頭看著男子的臉，一看之下，連下巴都掉了。

「白——白——白警官。」

兩人一看到方正，魂都好像要飛了。

想不到堂堂的方正特別行動小組組長、警界的傳奇，竟然會在這裡像是打工的工讀生般舉個牌子招攬生意。

那個後來的員警，比較菜，立刻敲了腳跟，手舉起來就要敬禮，另外一個經驗老到的員警，立刻會意過來，阻止了菜鳥。

「我告訴你，這一定是在臥底，白警官他一定在辦案。」老鳥輕聲對菜鳥說。

菜鳥立刻點頭如搗蒜。

「白警官，抱歉，我們不知道你們在這邊辦案，等等我立刻回分局，跟上面的人報告這件事情，如果有什麼需要我們協助的地方，我會報告局長，立刻前來支援。」

方正還來不及解釋，兩個員警已經像是受驚的小動物般，落荒而逃。

看了看時間，自己也差不多站在這裡一個小時了，算是已經達成爐婆所開的條件。如果現在不走的話，到時候那兩個警員回去報告，說不定會引起一陣騷動，出動整個分局的人前來，也不知道是來協辦一個無中生有的莫名案子，還是慕名而來看傳說中的白方正警官。

方正嘆了口氣，垂頭喪氣地放下看板，然後走回爐婆的住所。

「哎呀！已經一個小時了嗎？」爐婆見到方正上來，驚訝地看了看時鐘。

「嗯，還被巡邏的警察認出來。」方正沒好氣地說：「這樣可以了嗎？」

「好啦，勉強接受啦。」爐婆揮了揮手說：「你要知道當天你讓我像個笨蛋一樣，全副武裝還揹了桃木劍，準備要去大展身手，結果鬼沒有打到，反而被那些路人這樣看來看去，好像你乾媽我是什麼動物園還是療養院跑出來的。」

聽到爐婆這樣說，方正心想果然不出所料。

畢竟如果這樣拿一個看板就可以延攬生意，這行也太簡單了。在台灣從事這種行業的人都知道，算命這行是做口碑的，不是你整天去發傳單或者拿個看板就可以招攬到生意。

方正在那邊一個小時，連個來打聽、問路的路人都沒有，更別說有生意上門。

果然爐婆要自己這樣做，目的就只是報仇而已。

不過這不打緊，反正爐婆氣消了，對方正來說，臉也已經丟過了，再爭論也沒有意義。看到爐婆原諒了自己，方正立刻把這次的來意，向爐婆說清楚。

方正之所以會來找爐婆，完全是為了阿火。

畢竟現在阿火已經出院了，勢必得要分配工作給他，可是在短短這幾個月內，他就已經進出醫院多次，讓方正覺得繼續讓他擔任前線的工作，恐怕是件非常危險的事。

可是又不太方便將他調離現職，所以方正才來找爐婆商量，看看有沒有什麼解決之道，可以讓那些孤魂野鬼不再進入阿火的體內。

爐婆聽完了方正的敘述後，眉頭深鎖。

「這個世界上的邪魔歪道很多，不過不管怎麼說，法術都只是一種手段，不管是正術還是邪術，最後還是得要看使用者的心。」爐婆有感而發地說：「聽你這麼說，你那個手下應該是被封住元神。唉……」

爐婆深深嘆了口氣，轉過頭來看著方正問道：「你確定你沒說錯嗎？我實在不敢想像有哪個媽媽會對自己的小孩做出這種事情。這已經不是用邪術的問題了，而是不管法術最後的結果怎麼樣，小孩的這輩子可以說是毀了，就算對仇人用這樣的方法也太過於惡毒了，更何況是對自己的小孩？」

方正不置可否的點了點頭。

畢竟再怎麼說，這也是阿火親口告訴方正的事，而且阿火的母親已經自食惡果，被那些招喚出來的惡靈所殺，評論他人母親的事情，並不是方正這次來的目的。

「雖然這樣的法術，可以讓招喚靈有棲身之所，但是只有這樣是不夠的。」爐婆說：「這跟養小鬼一樣，如果這個小鬼只會吃跟玩，那我想根本沒有人會想要養。招喚這些靈體跟小鬼，就是要他們為自己做事，這是最一開始的目的。」

方正點點頭表示認同。

「人死了變成鬼之後，因為已經沒有肉體，所以力量的來源全部都是來自靈魂的強弱。也就是說，以能力來說，越有能力的鬼魂，相對地也越兇猛，越不容易控制。簡單來說，你的那個手下啊，你剛剛說有幾個在他體內？」

「七十二個。」

即使已經知道，但是再次聽到這個數字，爐婆仍然不可置信地張大嘴說：「這真的太誇張了！不過我要說的是，在這七十二個靈魂裡面，一定有至少一個惡靈。」

聽到爐婆這麼說，方正深吸一口氣。

這倒是方正完全沒有想過的，如果阿火體內真的如爐婆說的一樣，有個惡靈在裡面的話，那麼不只阿火自己有危險，就連他身邊的人不也很危險嗎？

「驅靈雖然不是我擅長的，但是我以前的師姐當中，有一個特別擅長幫人驅魔、驅靈。我聽她說驅靈事情的時候，頂多也只有聽過三個，像你手下這種七十幾個……是在開旅館嗎？」

方正白了爐婆一眼問道：「乾媽妳別在那邊說風涼話，快想看看有沒有辦法可以解決啊！」

「說真的，」爐婆點了點頭說道：「只聽你這樣講，要真有解決之道的話，那才真的是有鬼。」

聽到爐婆這樣說，方正雙肩下垂，垂頭喪氣地問：「那我該怎麼辦？」

「我覺得現在只能消極地解決，讓他看看能不能轉行去廟裡修行，永遠避開那些鬼魂。」

「這樣說一點都不像妳啊！乾媽。難道沒有積極一點的方法嗎？」

「嗯？不然你要怎樣？」爐婆張大雙眼問道：「光是一個靈體借屍還魂你乾媽我可能就不行了，更何況七十幾個？」

想不到爐婆也沒有辦法，看樣子真的只能跟阿火談談，看能不能用比較柔性的方法勸說他離開第一線。

「不過……」爐婆沉吟了一會說：「聽你這樣講，我還是覺得不對勁。畢竟再怎麼說，他媽如果真的像你說的那樣，只是偷學了幾招，也不過就是學個半吊子，怎麼會有這麼大的影響力呢？再說，一個肉身要容納那麼多靈魂，光聽就覺得很難。我看五個就是極限了。」

爐婆低頭沉思了一會，然後抬起頭來對方正說：「這樣吧，你還是先暫時注意他一點，盡量不要讓他去調查兇殺案之類的事情，先避開這些比較危險的工作，給我點時間，讓乾媽我去找幾個人研究看看這到底是怎麼一回事。在這之前，你不要再讓他單獨處理案件，最好跟在你身邊，比較能夠監控他。」

終於聽到一點像樣的解決之道，方正用力地點了點頭。

看樣子現在也只能這樣了。

趕著要回去開會的方正，匆匆跟爐婆道別，便回特別行動小組本部。

然而人算不如天算，連爐婆自己也不可能算到，自己這樣的建議竟然會讓阿火與方正等人陷入一場前所未見的危機。

3

方正回到特別行動小組時，前往支援其他分局的阿火也已經回到了組裡。

讓方正非常頭痛的是，阿火是聽到組裡的頻道，自行前往支援的。

方正特別行動小組，對這些從小就擁有陰陽眼的人們來說，是一個非常特殊的家，所以幾乎所有成員都不只把這一切當成一份工作而已。

為了這個家，大夥幾乎都願意奉獻出自己的一切，這點從阿火才剛出院，立刻就投入工作的態度，可見一斑。

不過這對方正來說反而不是個好消息。

畢竟現在他希望阿火可以不要那麼拚命，在爐婆找到方法之前，至少不要再讓阿火入院了。

會議室中，佳萱、阿山與阿火三人，已經等待著方正。

方正進來之後，阿山立刻開始會議。

「楓已經前往台東，去協助那件海屍案，小琳那組還在調查那件飛頭鬼火，所以不會參加——」

「等等，」方正皺著眉頭打斷阿山的報告：「小琳還在查那顆飛頭？怎麼查那麼久？」

「喔，」阿山滿不在乎地說：「聽說案子已經破了，可是好像被那個兇嫌的頭逃走了。」

「這也太久了吧？」方正搖搖頭說：「她追那顆飛頭已經快要兩個月了。」

「你也知道小琳的個性，不追到那顆飛頭，我想她說什麼也不會罷休的。」佳萱苦笑著說。

方正跟佳萱互看一眼，兩人臉上都是無奈。

琳的鑽牛角尖與頑固是整個警界最出名的。

只要她經手過的案件，不論大小，她都會固執地堅持到最後，一直到抓到犯人或找到證據為止。

在加入方正行動小組之前，小琳就辦過一件竊盜案，因為沒有足夠的證據，所以沒有辦法起訴。

誰知道小琳不分晝夜，死命跟著那個小偷，跟到最後連小偷都投降了，自己認罪，只求小琳不要再跟著他。

只要能夠逮捕罪犯，就算要她花個十年八年，哪怕只是一個小小的小偷或者殺人如麻的大盜，她都一視同仁，力求抓光所有的罪犯。

也因為她這激進、偏激的辦案態度，被人取了個「背後琳」的外號。

這完全是形容她死命跟著犯人的執著態度。

因此，被人稱為風林火山，四大小組長之中的第二小組長嚴紓琳，最讓方正擔心的就是，遲早會有一個案件是小琳破不了的，然後她會陷入那個泥沼之中，永遠爬不出來。

不過現在小琳不是方正所擔心的目標，此刻最讓方正擔心的，就是坐在阿山旁邊，剛剛才出院的阿火。

「情況大概就是這樣。」阿山見方正沒有發表其他意見，於是繼續報告下去：「現在我們手上大概還有兩個案件，一個是雙胞胎殺人事件，另外一個是上個月我們支援過的嘉義殭屍案，好像資料證據方面出現了一點問題，所以要求我們再去釐清。以上就是我們目前手頭上的案件。」

方正點了點頭，腦海裡面還在想著剛剛爐婆說過的話。

「阿火！」完全不知道方正苦惱的阿山，用力拍著阿火的肩膀說：「出院之後感覺如何？準備好可以工作了嗎？」

阿火點了點頭。

「很好，」阿山滿意地點著頭對方正說：「老大，那麼雙胞胎殺人事件就交給我跟阿火吧！相信只要我們火山兄弟一出馬，案件一定可以順利解決！」

「不，」方正聽到阿山這麼說，立刻板起臉來：「不行，這次阿火跟我一起行動，你自己一個人去處理那個雙胞胎殺人事件。」

聽到方正這麼說，不只阿山張大了嘴，一臉不可置信的模樣，就連一旁的佳萱也是面露驚訝。畢竟所有方正特別行動小組的人都知道，阿火與阿山兩個哥倆好，早在加入警隊之前就是很要好的朋友。

當初方正會找到阿火，就是因為阿山的大力推薦。

「隊長，這樣不會太奇怪了嗎？」阿山抗議道：「我一個人要去對付雙胞胎，然後你們三個人去解決一個已經破過一次的案件？」

「又不是叫你一個人去，」方正皺著眉頭說：「你有一整組的人馬，難道還不夠嗎？更何況嘉義那個案件，雖然上次經過我跟佳萱的確認是一起人為的案件，不過我覺得帶阿火去也算是個保險。再怎麼說，阿火是這方面的專家，說不定可以注意到一些我們當時沒有注意到的事情。」

方正的後半段倒不算是推託之詞，畢竟說到類似鬼上身的案件，有誰會比阿火強，比阿火懂得更多呢？

果然聽到方正這麼說，阿山很坦然接受，只是臉色還是很陰鬱。

「可是，阿火好不容易出院了。」阿山苦著一張臉說：「我還想說晚點可以跟他去喝一杯。」

方正正色說道：「這是工作。」

「好啦！我知道啦！」

阿火苦笑著拍拍阿山的肩膀。

不管怎麼看，這兩人都不像好朋友。

畢竟阿火在正常的時候，屬於比較內向、嚴謹的人。

阿山則是那種天生的粗神經、極為樂天的傢伙，兩人的差別簡直就好像天與地。

再說，阿山也是唯一一個可以辨別出阿火體內大部分靈體的人，所以一般需要搭檔辦的案件，阿山與阿火幾乎都是一組。

可是現在阿火的情況不樂觀，所以方正才會刻意將阿火留在自己身邊。

只要阿火在自己身邊，方正就可以盡可能避免阿火接觸那些靈體。

看到阿山接受這樣的任務分配，方正暫時鬆了一口氣。

但是連方正自己都覺得這只是緩兵之計，畢竟這樣的調度久了，阿火肯定會起疑，到時候與調他到後勤沒什麼兩樣。

現在只能希望爐婆快點找到辦法，解決阿火越來越糟糕的體內靈魂問題了。

方正輕輕地嘆了口氣，收拾好東西，偕同佳萱與阿火，一起出發前往嘉義。

4

嘉義的殭屍案是一個月前發生的案件。

當時嘉義警方接到報案，一個已經往生的老先生竟然在頭七那天自己爬出棺材，並且失去蹤跡。

地方上都傳言是因為老先生的幾個兒女不孝，才會讓老先生氣到變成殭屍。

為了防止流言蜚語無限擴大，嘉義警方立刻向總部尋求支援。

在署長一聲令下，方正特別小組火速介入此案的調查。

經過方正與佳萱的通力合作，找到了老先生的屍體。

但是，失去了屍體的老先生，魂魄找不到路回家。

方正請來法師招回老先生的魂魄後，立刻知道了整起事件的真相。

原來老先生的屍體根本沒有屍變，只是幾個不肖兒女為了家產的事情，互相陷害。

想不到幾個兒女的爭端越演越烈，最後竟然有人挾持了自己老爸的屍體，讓老父親死後還不能入土為安。

只為了財產的分配，最小的兒子竟然不惜偷走老父親的屍體，並且故布疑陣，將現場布置成彷彿是老父親死後自己爬出棺木的模樣。

當然這樣的技倆，在擁有陰陽眼的方正特別行動小組面前，根本起不了任何作用。

於是，已經往生的老父親，屍骨未寒，靈魂都沒來得及去下面報到，就得目睹這樣的人倫悲劇。

看幾個自己從小疼愛的孩子，為了誰分得多、誰分得少的事情，彼此反目成仇，連為他這個老父哀傷的時間都沒有，真的是還沒下地獄就已經看到了煉獄的模樣。

他的靈魂就這樣站在一旁，看著自己的孩子們為了家產驚動警方，敗壞自己在地方的名聲，最後還得面臨許多法律及社會的責任。

老父親失望地下去報到，而這幾個孩子還在為了爭家產，互相提告，不但完全不知道錯，還弄到這一家每個人身上都有好幾件官司。

而這一次方正等人前往嘉義，就是為了這些官司所需要的一些資料，當時有些記載不夠詳實的地方，需要方正等人前來協助。

所幸方正對這個案件的印象還算深刻，所以即便已經過了一個月，對案子的一些細節部分還是記得很清楚。

之所以會對這個案件特別有印象，當然是因為這是第一次，方正真的感覺到那句俗話——人在做，天在看。

當大兒子與小兒子爭執不休，幾乎都快要演變成全武行的時候，他們已經過世的父親就在旁邊看著。

原本還擔心那個父親會因為看到兩個不成材的兒子，如此爭吵不休而有什麼驚人之舉，方正為此捏了一把冷汗。

但是，老父親最後只是非常失望地嘆氣搖頭，然後轉過來向方正微微鞠了個躬，便轉身離開，到下面去報到了。

哀莫大於心死。

這或許就是那個老父親最貼切的寫照。

憑藉著方正的印象，把一些細節的地方釐清之後，方正等人的支援任務就到此告一段落。

於是方正等人在解決完事件之後，再度踏上歸途。

5

當大雨開始滂沱而下時，方正等人正駕著車，準備回台北。

由於適逢週休二日收假，研判可能是到阿里山玩的遊客不少，所以還沒上高速公路就已經開始塞車了。

後座的佳萱，靠在車窗邊看著雨水，在幾乎沒有移動的車陣之中，不知不覺闔上雙眼睡著了。

駕駛的方正，一邊注意著車況，一邊試圖在 GPS 上找看看有沒有別條比較不塞車的路。

這是方正第三次來嘉義，前兩次來的時候都不是自己開車，所以對於這附近並不熟悉。

看著已經很久都沒有動靜的車陣，方正看到了許多車輛因為受不了這看似永無止境的等待，開始蠢蠢欲動了起來。

而在方正等人車子的旁邊，正好就有一條岔路。

如果從那裡出去，或許還可以找到別條比較不塞的道路。

所以方正才會在 GPS 上面尋找著其他替代的路線。

這時看到許多車子紛紛轉向朝岔路開去，雖然還沒有找到路線，但是方正還是考慮要不要離開這裡，然後跟著其他車子，說不定還是可以回到台北。

就在方正舉棋不定之際，原本一直靜靜坐在客座的阿火，突然開口說話。

「跟著他們一起出去。」

聽到阿火這麼說，原本舉棋不定的方正也覺得有理，立刻轉動方向盤，朝旁邊的岔路開過去。

「前面的十字路口右轉。」

「喔？」方正問道：「阿火你熟嘉義這邊啊？」

阿火只是淡淡地嗯了一聲。

既然有個熟悉路況的人，自己就可以放心了。

方正心裡這麼想著，於是很順的開到十字路口之後，就遵照阿火的指示，右轉過去。

只是方正完全沒有發現，剛剛阿火開口之前，臉部表情扭曲的變化。

「前面再右轉。」

「直走。」

「第二條路口左轉。」

在陌生的景象中，方正聽著阿火的指示，不斷左右轉著方向盤。

好不容易擺脫了車陣，卻感覺景象越來越荒涼、陌生。

開著開著，就連方正也開始感覺到有點怪異了。

一開始的時候，因為逃出車陣的車子還算多，大家慢慢四散到各條道路上，但是在阿火連續的指示之下，路上只剩下偶爾擦身而過的幾台車輛。

方正想開口詢問，但是阿火的口氣非常篤定，就好像自己真的是在地人般熟悉，方正也只好繼續聽從阿火的指示駕著車。

距離阿火最後一次指路，已經過了十幾分鐘，這條路又窄又長，一路上都沒有任何岔路，就好像一條沒有盡頭的直線道路。

方正不安地瞄了一眼 GPS，GPS 上面並沒有顯示出這條路，而且跟指引的路線還差了好一大截。

突然，眼前的路況讓方正緊急踩下煞車。

後座的佳萱也因為這樣而醒了過來。

方正不敢置信地看著眼前的路況。

只見車子前面的路上，立著一個看板寫著「此路不通」。

在看板之後，沒有路了，只有一片已經差不多有一個人高的雜草叢。

這讓方正感覺有點怪，畢竟不久之前才與另外一輛車輛擦身而過，怎麼會是一條死路？

「到了。」阿火淡淡地說。

佳萱聽到阿火的聲音，皺起了眉頭。

總覺得阿火的聲音好像不太一樣，雖然還是男人的聲音，但是聲音低沉許多。

「到了？」方正看著眼前問道。

「嗯，」阿火點了點頭，伸出右手，指向右前方一片荒地說道：「就是那裡。」

方正與佳萱順著阿火手指的方向看過去，那裡除了一片荒涼、雜草叢生之外，什麼都沒有啊！

「我家就在那裡。」阿火淡淡地說。

「啊？阿火你是嘉義人啊？你不是台中人嗎？」方正聽了訝異地皺著眉頭說。

這時佳萱已經大概猜到是什麼事情了，從後面用手抓了抓方正的手臂，結果話還沒說，果然聽到了阿火開口說：「我不是阿火啊。」

阿火說完後緩緩地轉過頭來，果然整個神情與正常的阿火不同。

如果不是知道阿火常常會有類似的情況，方正肯定會被這恐怖的景象嚇昏。

只見已經被其他靈魂附體的阿火，緩緩轉過頭去，看著遠處說：「三十多年沒有回來囉！這裡真的變了不少。」

方正跟佳萱面面相覷。

兩人不像阿山那麼了解阿火，根本不知道現在說話的靈體是誰，是原本就在阿火體內的，還是剛剛才上身的，這個靈體安不安全等等。

佳萱點了一下頭，示意方正跟阿火溝通。

方正苦著一張臉，吞了口口水，對著阿火說道：「那個……先生，可不可以讓我們跟阿火說話？」

阿火緩緩轉過頭來，用極為懶散，一副「唉，好吧」的表情看著方正。

下一刻，阿火突然張大嘴，臉也跟著開始扭曲了起來。

方正被這突如其來的舉動嚇了一跳，將手放在門把上，隨時準備開門逃命。門還沒打開，阿火突然頭一點，整個人好像失去意識般低下頭。

方正跟佳萱兩人屏住氣息，看著低頭的阿火。

過了一會之後，阿火緩緩抬起頭來。

兩人看到阿火正常的神情，鬆了一口氣。

「我們到了嗎？」阿火看了一下車窗外說道：「這裡是哪裡啊？」

「呼，」驚魂未定的方正，呼了一口氣之後，無奈說道：「你還說咧，剛剛我本來開得好好的，結果突然聽到你告訴我怎麼開，我聽你的結果就一路開到這裡來了。」

方正才這麼說，阿火立刻了解事情是怎麼一回事了。

剛剛就是因為困在車陣中，忙碌了一天的阿火感覺到疲憊，所以才會睡著，想不到這給了體內的靈體一個很好的機會可以出來逛逛。

「唉，隊長。」阿火無奈地說：「你不知道我的情況嗎？我的話不能聽啊！唉。」阿火這麼說，就連佳萱都投以責備的眼光，對方正點頭表示贊同阿火的話，讓方正一臉委屈。

方正無奈地搖了搖頭。

方正不想多作解釋，將車掉頭之後，重新朝著原路回去，希望可以找到回台北的路。

沒想到因為突然的大雨，加上這條路位置偏僻，長年失修，地勢又較低，車子順原路往回開，才開到一半就看到前面的道路已經被大雨淹沒。

一路上又是條筆直的道路，沒有岔路。

眼看水已經堆積到車子底盤，如果想要強行通過，很可能會因為浸水，讓車子拋錨，那就更糟糕了。

方正與阿火下車查看之後，確定無法通過，三人就這樣被困在車子裡面。

「現在該怎麼辦？」佳萱苦著臉，看著窗外的大雨問道。

方正皺著眉頭沒有回答。

不知道這大雨會下多久，聽廣播的氣象預報似乎會持續個一整夜甚至到隔天，就停在這裡等雨停好像也不是辦法。

這附近都沒什麼人家，方正一時之間也不知道該如何是好。

「我剛剛看到那邊的路上，」阿火指著道路的斜後方說：「好像有一間廟。我們要不要先去那邊避個雨、問個路，看看有沒有其他路可以走？」

在沒有其他辦法的情況之下，方正等人似乎也沒有什麼其他選擇，方正再度將車掉頭，照著阿火說的話，試著找尋那間廟。

6

再往回頭開了一陣子，果然看到有一條小路，通往一間中型的廟宇。

由於大雨遮住了視線，路上也沒什麼路燈，所以方正與佳萱才忽略了這間廟。

方正將車轉進小路，過沒多久就來到了廟前的廣場。

廟前的廣場停著四輛車子，實在很難想像這樣偏僻的地方，香火會這麼鼎盛，在這樣的雨夜中，還有信徒來進香。

方正等人下了車之後，朝廟裡走去。

「你們不覺得奇怪嗎？」先說出這句話的是阿火。

走在前面的方正與佳萱聽到阿火這麼說，都皺著眉頭看著四周。

的確，以方正特別行動小組來說，最為特別的地方，就是所有成員都有陰陽眼。

所以當阿火這麼說的時候，就連陰陽眼的年資最短淺的方正，也早就感覺到異狀。

這邊所聚集的浮游靈，比起其他地方還要多很多。

從廣場到廟宇入口之間，有許許多多浮游靈站在原地。

可是就眾人的印象來說，沒聽說過這附近有什麼重大災難。

一般來說，像這樣有許多浮游靈分散在各處的情況，不算非常特別的情況。

可是對廟宇前面來說，這種情況非常少見。

廟宇這種地方，對這些鬼魂來說算是禁地。

由此可見，只有兩個可能，一個就是這間廟宇根本不是真正的廟宇，另外一個就是，這間廟宇本身是座陰廟，專門用來祭拜孤魂野鬼。

「總之大家還是小心一點吧！」方正這樣交代兩人。

畢竟現在也沒有什麼其他選擇了。

既來之，則安之。

現在也只能先進去看看了。

就這樣，方正帶著兩人走入了廟宇之中。

只是此刻眾人作夢也沒想到，這會是一場夢魘的開始。

第4章．緝兇

1

一棟鵝黃色的建築聳立在這條充滿古色古香的街道上。

聽附近的居民說，這是一棟擁有悠久歷史的建築。

任凡站在對街，高高仰望著這棟建築物。

在一條滿是歐洲人的街道之中，任凡那一頭的黑髮與東方人的長相特別顯眼。

這裡處於都市與鄉村之間，是個寧靜的住宅區。

一般來說，這裡根本不會有什麼觀光客，所以任凡的出現吸引了不少附近居民的目光。

過了一會，一個身穿黑袍的神父，從那棟建築物中跑了出來，穿越馬路直奔到任凡身邊。

「任凡，已經說好了，他們把他留在閣樓，然後我照你說的，讓他們先去旅館住個一晚。」

那神父有對碧藍的雙眼，以及一頭的棕髮，十足外國人的模樣，但是嘴裡卻說著非常標準的中文。

「謝謝你，約翰，那我們準備準備吧。」任凡笑著點了點頭。

「等等，」約翰皺著眉頭說：「你確定要這樣嗎？我只是個鑑定師，不是驅魔師，這會不會太冒險了？」

「嗯？如果沒遇到你，我還打算自己上咧。」任凡揮著手打發著約翰說：「快點去準備準備，別拖拖拉拉的。」

聽到任凡這麼說，約翰也沒有辦法，趕緊去準備。

這個叫做約翰的神父與任凡也算是舊識。

大約在五年多前，約翰曾經被派駐在台灣，他的中文之所以非常流暢，主要也是因為他長時間都待在亞洲國家服務的關係。

約翰出生在一個歐洲平凡的家庭，家族成員中有不少都在宗教組織裡面服務，也算是個神學世家，但是約翰是裡面的特例。

只因為他有一個連教廷都不願意承認的能力。

那就是我們華人世界所熟悉的陰陽眼。

在嚴謹的宗教組織之下，這種不被承認與認同的能力，讓約翰吃了不少苦頭。

不要說求學的階段跌跌撞撞，在好不容易畢業之後，也形同流放般，被趕離了自己的故鄉，甚至遠離了歐洲。

在亞洲，這個擁有多元信仰與各種迷信思想的領域，約翰越來越了解自己的這個天分，不是種詛咒，而是種祝福。

但是，這也動搖了他最基本的信仰。

而在約翰人生最低潮，也是在他服務教廷漫長的生涯中，唯一一次的信仰危機之際，他遇到了任凡。

那是一個冬天的午後，一個被惡靈附身的小女孩，將這兩個完全不同宗教領域的人馬，聚集在一個屋簷下。

這完全是因為台灣自由信仰的緣故。

這一家人中所有關懷這個小女孩的大人，紛紛向自己心中所信仰的宗教求援。

於是不但請來了約翰，也有人請來了撚婆。

而撚婆身邊跟著一位年輕人，就是在黃泉界赫赫有名的任凡。

那時的任凡，除了他那說出來會嚇死鬼的黃泉委託人招牌之外，還有著一個更讓眾鬼聞之色變的外號──「怨靈獵人」。

當年的約翰，一眼就看得出這個小女孩被惡靈附身，但是當時的教廷非常排斥這樣的事情。

所以除了心急之外，約翰什麼也不能做。

還好另外一邊請來的這個老婆婆與年輕人是有真材實料的。

在兩人的聯手之下，不但順利將惡靈驅離小女孩的身體，還將惡靈制伏。

這讓有陰陽眼的約翰看得目瞪口呆。

約翰因此向撚婆求教，關於收服惡靈的方法，雖然雙方信仰不同，但是約翰親眼見識了撚婆的功力，可惜撚婆並不熟悉西方宗教的驅魔方法。

雖然不能傳授驅魔技巧，但是卻給了約翰一個嶄新的人生方向。

宗教確實有它的力量，而這樣的力量，源自於信仰。

對當時有信仰危機的約翰來說，他失去了這樣的力量。

即使知道了驅魔的方法，也不可能有效。

在撚婆的開導之下，約翰終於突破了自己的障礙，他不再覺得自己的陰陽眼是個詛咒，相反地，他深信自己信仰的上帝，有這樣的安排一定有祂的道理。

於是重回工作岡位的他，不再隱瞞自己的能力，用盡自己的一切，幫助所有前來求助的信徒。

時間可以證明一切，慢慢地，那些同僚的鄙視、排斥，在許多事情的證明與時間的洗禮之下，態度也逐漸轉變了。

他們也慢慢了解到，約翰是真的擁有那不被認同的能力。

經過了多年的努力，加上多達三十多位與約翰共事過的神父們證實，教廷總算願意正視約翰異於常人之處。

在幾年前，教廷重新開始中斷了將近一個世紀之久的驅魔業務，也就是在那個時候，約翰被召回教廷。

現在，在所有驅魔師前往驅魔之前，約翰總是急先鋒，在正式派出任何驅魔師之前，約翰必須先行前往。

簡單來說，約翰是鑑定師，鑑定所有在歐洲可能被惡靈附身的可憐蟲，看看他們究竟是真的被惡靈附身，還是只是精神失常。

從被教廷流放，到現在馬不停蹄為了教廷奔波，約翰整個人生簡直就好像洗三溫暖般，歷經了人世間的冷暖。

回到歐洲的約翰，常常會想起當年在台灣遇到的那對驅魔母子檔，而他萬萬想不到的是竟然會在歐洲與那對母子檔的兒子，也就是任凡相遇。

當年，他們因為一個被惡靈附身的小女孩而相識，今天，他們因為一個被惡靈附身的小男孩而重逢。

身為藍靈的瑞克男爵一直不肯轉世投胎，就是因為放不下自己的頭銜，與自己的後代子孫，因此成為家族世世代代的守護靈。

不久前，他的子孫被惡靈附身，但自己卻束手無策只能窮著急，打聽之後得知有個叫做Z先生的東方人，專門為鬼魂解決難題。

他半信半疑找上Z先生，也就是任凡，並且委託他幾件難題作為測試，想不到任凡都處理得又快又好。

開心的男爵立刻將這個任務交給任凡，起先任凡婉拒，畢竟他六大不接原則裡面，有著不跟黑靈打交道這條。

但男爵只求那個惡靈可以放過他的子孫，並沒有要求任凡消滅他，再者男爵的謝禮都相當不錯，任凡考慮之後，決定接下這個委託。

想不到這個家的人也同時向附近的教會尋求驅魔的協助，於是身為鑑定師的約翰，便率先來到了此地。

約翰一眼就認出任凡，任凡一開始還不太認得，但當約翰說出一口流利的中文之後，任凡很快便想起他是誰了。

在明白雙方來意與目的相同的情況下，任凡提議合作，看過任凡與撚婆聯手的約翰，當然一口答應了。

可是想不到任凡竟然當晚就要動手，身為鑑定師而非驅魔師的約翰，雖然也有受過驅魔的課程訓練，但是從來沒有實戰經驗。

於是約翰帶著半信半疑的心情，與任凡一起進入男爵後代的宅邸。

其他親屬在約翰的要求下，已經全都到附近的旅館暫住一夜，整棟宅邸只剩下任凡與約翰，還有那個因被附身而綁在閣樓上的小男孩。

兩人才到三樓，就可以清楚聽到那小男孩發出詭異又粗魯的吼罵聲。

這將會是一場硬仗，約翰心想。

不過這次他有了一個很值得信賴的夥伴，他相信這些年，任凡一定從他乾媽撚婆身上，學到了驚人的法術與過人的抓鬼能力。

2

「怎麼又有人來了？」

一走進寺廟大廳，方正等人還沒開口，聚集在大廳裡面的人就有人站起來說。

「去請剛剛那位小姐出來吧！」其中一位太太說。

另外一個看起來像是她先生的男子，聽到之後，轉身走向大廳旁邊的走道。

「你們也是因為那條路淹水才被困在這裡的吧？」其中一位中年男子說。

方正看了看大廳，連同剛剛轉身進去找人的男子在內，此刻已經有四男兩女聚集在大廳之中。

過沒多久，剛剛離開的那個男人帶著一個女人從後面走了出來。

從女子的穿著與儀態看來，應該是與這間廟宇有關的人士。

畢竟其他人都是一副落湯雞，一臉倒楣的模樣，只有女子保持清爽。

女子看到方正等人時臉色有點驚訝，大概是想不到會有那麼多人來訪吧！

「真不好意思打擾了，」阿火作為代表說：「前面的路淹水了，我們想要問問看有沒有其他路可以離開這裡。」

聽到阿火這樣問，女子還沒有回答，旁邊一個輕浮的男子笑著搶答說：「有的話我們還會杵在這裡嗎？」

從現場的情況看來，來到這間寺廟的其他四台車，都跟方正等人一樣，因為大雨淹沒道路的關係，只能逃來這邊避難，並不是這間廟宇的香客。

突然之間，方正感覺好像有什麼奇怪的地方，不過那只是很短暫的一瞬間，方正也沒有多想。

那個廟方的女子叫做思苑，她告訴眾人，因為她師父外出，所以寺廟裡只剩下她一個人。

廟裡既沒有電話，也沒有無線電，所以沒辦法對外聯絡。

這裡非常偏僻，附近本來還有幾處農田，但是在一次颱風淹水之後，就一直荒廢到現在。

不過因為現在也沒什麼事故，只不過是大雨淹沒了道路，好像也不是非要對外聯絡不可，所以眾人紛紛決定到廟裡借宿一晚，等到明天早上再看看道路是否通了。

這樣也好，方正心想，起碼不需要跟收假回去的人擠在那水洩不通的高速公路上。

在其他同樣來這裡避難的四台車中，其中有一個單身的男子——林景榮，當其他人問及他的事情時，他什麼也不說，一看就知道是個很難相處的人，只想在這裡度過一夜，其他什麼都不想管。

另外一個單身的男子——何永廉，家住台中，來嘉義辦一點私事，想不到事情沒辦成，還遇上這場大雨，直呼倒楣。

另外一對年紀較輕的新婚夫妻——周宏志與張佳盈，兩人住在彰化，張佳盈表示她是應朋友之約前來參加聚會，而老公只是陪她一起來的。

至於比較年長的那一對——李得福夫婦，則是家住高雄，來嘉義談生意，想不到不僅生意沒做成，回程竟然還被困在路上。

當方正等人向其他人自我介紹是警察的時候，現場的氣氛立刻降到冰點。

雖然大家都沒說，但是眾人的表情皆有些許不自在。

或許是因為這些人都不曾跟警察打過交道吧！

方正心想。

於是在思苑的安排下，眾人都被各自分配到一間客房，夫婦則同宿一間，至於方正等人，因為房間數量不夠的關係，只好三個人擠一間，反正也只是一晚，有個地方休息就已經謝天謝地了，方正等人也沒多說什麼，照著思苑的安排進到房間裡休息。

3

窗外的大雨依舊。

佳萱看著窗外滂沱的大雨，浮游靈依舊在雨中佇立，這種畫面讓佳萱有一股難以形容的不安。

雖然對所有有陰陽眼的人來說，類似這樣的浮游靈，肯定是他們最常見到，也最習以為常的。

看到了佳萱的臉色，方正在一旁擔憂地問：「妳還好吧？」

佳萱笑著搖搖頭，指著窗外說：「只是看著這些，讓我有點不安。」

「他們……」方正吞了口口水說：「應該不會對我們怎樣吧？照任凡說的，這些是浮游靈，應該只會站在原地，不會進到廟裡來。」

「嗯。」

從小就有陰陽眼的佳萱，當然比方正這種半路出家才有陰陽眼的人更熟悉這種靈體。

但是這種不安的感覺，連佳萱自己也不知道該怎麼解釋。

窗外的大雨絲毫不見減弱，現在方正等人也只能祈禱不要釀成災情。

廟裡連電話都沒有，客房更是簡陋，只有一張床跟一張椅子。

方正跟阿火將床讓給了佳萱，兩人席地而坐。

在這個無聊的夜裡，眾人沒有什麼交談，或許因為白天的勞累讓大家雖然沒有睡意，但是體力也已經到了極限。

經過了一兩個小時，方正等人也慢慢打起瞌睡的時候，一陣駭人的尖叫聲，蓋過外面的滂沱雨聲，傳進了眾人耳中。

方正與阿火立刻驚醒，兩人看了看床上的佳萱，她也是一臉驚訝。

三人快步衝出房間，只見張佳盈坐倒在其中一間客房門口，一臉驚恐地看著房內。

其他房客也紛紛趕了過來，就連在另外一側走廊的思苑，也在聽到尖叫聲後，立刻跑來。

方正等人趕到門前，朝房裡看去，只見被分配到這間客房的林景榮，仰躺在床的邊緣，頭部整個垂掛在床緣，上下顛倒地看著門口。

他的臉孔整個發紫，兩眼翻白，表情十分恐怖。

佳萱見狀立刻進到房間裡面，檢查林景榮的生命跡象。

過了一會，佳萱起身搖搖頭，表示人已經死了。

在確認死亡之後，方正和阿火同時向四周張望，卻沒有看到死者的靈魂。

這時方正想起忘記在哪曾經聽說過，人死後靈魂會脫離肉體，會飄遊到哪很難說，而在意外死亡或是枉死的情況下，則會因為過度驚嚇而導致靈魂四散。

根據老一輩的說法，靈魂會在肉體死亡後七天回家，但要他們等七天實在也太久了。

如果是四散的靈魂，方正又不知道他們何時才會聚集回來，如此一來，辦案就會麻煩許多。

方正皺著眉頭，深呼吸一口氣。

外面在這時落下一道電光，彷彿在呼應著眼前的一切。

落雷產生的亮光，瞬間閃爍在所有人的臉上，不約而同都映照出駭人的表情。

4

照張佳盈的說法，因為客房裡面沒有廁所，所以想要上廁所，都必須走到寺廟後方的廁所。

張佳盈因為尿急，所以到後面去上了廁所，可是回來的時候卻搞不清楚自己的房間，忘了究竟是第幾間，所以才會開錯房門。

想不到，房門後面會是這張恐怖的臉孔。

而林景榮的狀況在佳萱簡單的檢查之下，有了初步的結果。

在沒有進一步解剖之前，從目前的跡象看來，不能排除任何可能性。

換言之，他可能是他殺，也可能是其他因素的死亡。

但是從現場沒有任何打鬥的跡象看來，他殺的可能性不高。

方正請阿火看守一下命案現場，拿了條繩子來封住門口，以確保房間裡面的證物，不至於遭到破壞。

廟方沒有電話，在這裡手機也收不到訊號，所以只能等雨停、水退了之後，才可能到臨近的警局報案。

想不到會發生這樣的事情，其他人雖然沒有開口，但都是一臉嫌惡的表情，似乎對於遇到這樣的事情感覺到倒楣。

這時佳萱看了看現場的人，突然好像感覺到什麼似的，拍了拍方正說：「少了一個人。」

方正抬起頭來看，稍微算了一下，思苑以及兩對夫妻都在走廊上，可是這一陣混亂之中，除了躺在床上的林景榮之外，應該還有一個人才對。

果然大家都沒有看到何永廉。

思苑指了指何永廉的房間，是在走廊的最末端。

方正與佳萱兩人一前一後走到房門前，敲了敲門後，等了一會。

裡面靜悄悄的什麼聲音也沒有。

兩人互看一眼之後，方正示意佳萱退開點。

方正貼在門上確認裡面確實沒有動靜，向眾人點了個頭作為準備破門的信號之後，忽地將門打了開。

房間裡面一片寧靜，何永廉動也不動地仰躺在地上。

何永廉兩眼向外凸出，張大著嘴吐出長長的舌頭，兩隻手放在頸子上，而頸子上凹陷下去的地方有著一條鋼繩。

或許，林景榮的死需要經過解剖，但是眼前的何永廉，即便不是法醫佳萱，或是身為警察的方正與阿火，就連其他人都可以肯定，這是一起謀殺案。

5

恐怖的氣氛瀰漫在眾人之間。

在發現兩人的屍體之後，方正命令阿火將眾人都集中到大廳。

所有人的臉上都是不安與恐懼。

雖然沒有開口，但是大家都不自覺地想著同一個問題。

這裡不算與世隔絕，但究竟有什麼人會襲擊這兩個很明顯只是在這邊躲雨的人？

難道兇手就在眾人之中？

如果是，到底是誰呢？

大家都沒有開口，但是聚集在大廳的眾人，不自覺地與其他人保持著距離。

方正將阿火留在大廳，要他負責看好大家，自己則和佳萱再次回到命案現場做進一步的調查。

方正與佳萱首先回到林景榮的房間，才剛踏進房門，突然一團團白煙似的東西飛過，在方正眼前慢慢聚集，最後形成了人形。

林景榮四散的靈魂終於拼湊回到他的屍體旁邊。

與佳萱互看一眼後，方正立刻上前詢問：「林景榮先生？」

林景榮愣愣地轉過頭來看了方正一眼。

「我想請問一下，你知道是誰殺了你嗎？」方正問。

林景榮兩眼呆滯，隔了一會語氣平淡地說：「我死了嗎？」

林景榮的樣子看起來就跟外面的浮游靈沒兩樣，看樣子他完全不知道自己已經被殺害了，更不用問兇手是誰，怎麼殺的。

方正深深嘆了一口氣，佳萱也無奈地對著方正搖了搖頭。

既然林景榮的靈魂已經回來了，何永廉和他死亡的時間很接近，說不定也已經回來了。

方正和佳萱緊接著到何永廉房間，果然看到了何永廉的魂魄佇立在他的屍體旁邊。

雖然他失神的模樣，看起來就和林景榮一樣是浮游靈，但方正還是決定問問看。

「何永廉先生？」

何永廉抬起頭來瞄了方正一眼，緩緩地點了個頭。

「請問一下，你知道是誰殺了你嗎？」

何永廉突然張大眼睛，用疑惑的樣子看著方正說：「我被殺了嗎？」

「是，是啊。」方正遲疑了一下，決定繼續對話看看：「你不記得嗎？」

「對，我想起來了，我被人勒住脖子。」何永廉語氣平淡地說，好像在描述別人的事情一樣。

「那你知道是誰殺了你嗎？」方正急著問。

「嗯……」何永廉停頓了一會，悠悠地說：「我死了嗎？」

看樣子要從甚至不記得自己已經死亡的浮游靈身上問出案情，還不如自己調查來得快。

方正很快就放棄了這個方法，再度著手調查屍體和現場，希望能找出一點蛛絲馬跡。

方正與佳萱兩人檢查了何永廉的屍體，研判犯人是趁著何永廉不注意時，以鋼繩從後面將何永廉勒住，雖然何永廉想要掙扎，但是因為鋼繩很細，用手想要去摳也沒辦法摳到，因此應該在很短的時間內就被犯人殺害。

問題就回到了，兇手到底是誰？

如果兇手是從外面進來，穿過窗戶的話，勢必會沾濕地板。

可是此刻大開的窗戶，早已經有雨被吹進屋內，打濕地板，以至於沒有辦法判斷有沒有腳印。

所以根本不能確定兇手到底是自窗外闖進來的，還是從房門進入的。

如果犯人不是從外面來的，那麼很可能就是現在聚集在大廳的眾人之一。

到底是外來的那兩對夫妻，還是本來就屬於這間廟的那個年輕女子？

「我們……是不是不能排除阿火？」彷彿看穿了方正正在推敲兇手的心思，佳萱沉著臉說。

「可是……」

方正本來想說，可是阿火一直跟我們在一起，瞬間又想到他的確有出去上過廁所，當時自己似乎也不小心打了瞌睡，在睡著的那一瞬間是否發生了什麼也很難說，所以那句話說到一半就停住了。

不可能吧？

不會是阿火吧？

這應該是方正最不想遇到的情況，如果兇手真的是阿火，方正會自責不已。

「現在該怎麼辦？」佳萱問。

此刻方正也感到困惑，在沒有通訊設備，手機也不通的情況之下，以正常一般的處理程序來說，方正可以派阿火，哪怕用步行的，也要走到鄰近的地區報案，請求支援。

但是這樣一來，方正唯一可用的人就只剩下自己與佳萱。

在人手不足的情況之下，再加上阿火本身情況也不穩定，方正覺得貿然派阿火出去求援是種冒險，於是一直無法做出決定。

可是現在這種情況，方正也很擔心除了兇手之外，其餘無辜的人很可能會承受不了這樣的壓力而崩潰，畢竟一般人面對有人在自己旁邊被殺害，很難保持冷靜。

果然當方正這麼考慮的時候，還待在大廳的那對新婚夫婦怒吼了出來。

方正與佳萱立刻趕去大廳。

只見張佳盈手扠腰，正指著阿火破口大罵：「你要我們留在這裡？天啊！有人死了耶！你們這些警察是幹什麼吃的？有人在你們眼前被殺了，還不快點派人來保護我們？如果你們不能保護我們，就應該立刻讓我們走！」

阿火開口想要穩定張佳盈的情緒，結果話還沒說出口，張佳盈轉身拉著自己的丈夫叫道：「不，我現在就要走！」

「不行，」從後面出來的方正說：「現在任何人都不能離開，至少要等我們先釐清案情。」

「那我們的安全誰負責？」張佳盈突然一臉嫌惡，朝著其他人揮了揮手說：「我們可不想要跟他們這些人在一起。」

張佳盈那模樣，就好像其他人都是有病菌在身般厭惡，讓所有人都對她此刻的態度皺起了眉頭。

張佳盈的這些話，激起了現場所有人的不安與不滿。

另外一邊的李太太也立刻說：「我也不想要跟其他人在一起。」

李得福則是皺著眉頭對方正說：「你們只有三個人，萬一歹徒是從外面來的怎麼辦？你們有沒有想過，說不定歹徒是一群人，殺了人以後，又躲到外面去了？」

眾人這樣你一言我一語地逼著方正等人，阿火也盡可能要大家不要衝動，現階段來說，大家聚集在一起才是最安全的方式。

看到阿火這樣疲於應付這些人，方正也開始擔心了起來。

原本是好意，想說阿火跟在自己的身邊，可以讓他遠離辦案的狀況。

在辦案時心理與生理都疲勞的情況之下，很可能會讓阿火更容易被鬼入侵。

誰知道竟然會在意外巧合的情況之下，遇到這樣的事情，現在反而讓阿火更加危險。

的確，事情就好像佳萱說的一樣，以現階段來說，如果單純只把兇手鎖定在其他人身上，也不是太客觀。

畢竟阿火體內的靈魂們也算是一顆不定時炸彈。

這讓方正想起了之前爐婆所說的話。

「在這七十二個靈魂裡面，一定有至少一個惡靈。」

如果事情真的是阿火搞出來的話，這是方正最不想面對的情況，除了得親手逮捕自己的手下，更糟糕的是，自己還不見得有能力對付惡靈上身的阿火。

自從認識了任凡之後，每次遇到這種情況，方正總是會不自覺地捫心自問。

如果是任凡遇到這樣的狀況，他會怎麼做？

就在方正這麼想的時候，他靈光一動，揮動著手叫道：「大家靜一靜！」

方正的這一叫之下，大家慢慢閉上了嘴，紛紛看向方正。

「我有辦法了，」方正說：「如果兇手就在我們之中，我現在就有辦法找出來。」

聽到方正這麼說，不只在場的人驚訝，就連阿火與佳萱都有點訝異地看著方正。

6

在方正的指示之下，所有人都撐起雨傘，跟著方正走出寺廟。

在通往停車場的路上，許許多多的浮游靈林立在四周。

這是方正想到任凡之後所想到的辦法。

記得第一次見到任凡的時候，任凡教過自己，要如何運用浮游靈辦案。

在開始之前，方正將佳萱與阿火集合起來，並且跟兩人解釋接下來要做的事情。

「你們也有看到在這廟口附近的浮游靈吧？」

佳萱與阿火點了點頭。

「所有的浮游靈都有一個共通的特性，就是會朝陰氣旺盛的地方靠近。而我們人身上都有陰陽兩氣，只要做了虧心事，陰氣就會相對比較旺盛。所以你們兩個，等等就帶著那兩對夫妻和思苑，走到那邊浮游靈很多的地方，讓他們靠近浮游靈看看。」

聽到方正這麼說，佳萱與阿火都是一臉「這樣好嗎？」的表情。

不過方正再三強調，這個方法絕對有效，兩人也不方便再多說什麼。

於是兩人帶著思苑等人，慢慢朝浮游靈比較多的地方前進。

方正跟在最後面，仔細地看著浮游靈的反應。

佳萱與阿火等人越來越接近浮游靈，果然周遭的浮游靈開始緩緩動了起來。

看到浮游靈動了起來，方正一臉喜悅地說：「行了！」

只見浮游靈一個接著一個朝眾人而來，眼看這個案件很快就可以破了，方正瞪大雙眼，等待著答案的揭曉。

浮游靈一個個與眾人接觸，慢慢停了下來，方正皺著眉頭指揮眾人站開一點，好讓他看個清楚到底是誰被浮游靈包圍。

想不到眾人一站開，方正整個人都傻了。

只見所有人除了方正自己之外，都被幾個浮游靈包圍，就連佳萱與阿火也都被圍著，沒有人例外。

情況跟方正所想的不一樣，如果兇手就在眾人之中，按理說陰氣會比其他人還要旺盛才對，可是想不到此刻浮游靈竟然會如此平均地包圍著每個人。

原本還以為浮游靈會包圍著兇手，想不到竟然會是這樣。

難道說，兇手不在眾人之中嗎？

方正喪氣地搖了搖頭。

既然浮游靈的辦案法失敗了，方正也沒必要將眾人留在雨中，於是他讓阿火帶大家回去廟裡。

滂沱大雨，方正佇立在雨中，一臉茫然地看著茫茫的大地，不知道該怎麼樣才能找出兇手。

方正不禁又想起了任凡，如果是他一定不會讓自己陷入像這樣的困境，任凡總是有辦法迅速解決難題。

想到這裡，方正再度長嘆了一口氣。

7

為了幫助一個被附身的小男孩，一邊是受到男爵委託的任凡，而另外一個是奉教廷之命前來鑑定的約翰。

兩人一起小心地打開了通往閣樓的門。

一走上樓梯，那小男孩明明是背對著兩人，但是頭卻整個一百八十度轉向兩人，用只剩下眼白的雙眼，凝視著兩人。

「我想這不需要你這個鑑定師，」任凡看到那小男孩的模樣，笑著說：「應該也可以確定這小孩被惡靈附身吧？」

約翰可沒任凡那麼輕鬆，他板著一張臉，小心翼翼地繞到了男孩前面。

那小男孩的頭，也跟著兩人一起移動到了正面。

雖然那對沒有眼珠的雙眼依舊駭人，但是比起剛剛那扭轉的頭顱，現在起碼正常一點。

「好啦，」任凡搓著手說：「你先上吧！」

「啊？」約翰一臉訝異：「我上？我不是驅魔師啊。」

原本以為有任凡在絕對不會有問題，想不到任凡竟然兩手一攤什麼也不做。

「你好歹也跟著那些驅魔師東奔西跑，應該也知道流程吧？」任凡聳聳肩說：「這裡是歐洲，我用東方的方法不一定有效，所以你先上，沒效再說吧。」

「這……」約翰一臉為難。

的確正如任凡說的，就算他沒有受過特別訓練，看過那麼多場驅魔儀式，該有的流程與步驟當然瞭如指掌，更何況約翰受過完整的訓練。

可是再怎麼說，他也沒有真正親自上陣過，所以有點為難。

「好啦，快點弄一弄吧。」任凡不耐煩地揮了揮手。

聽到任凡這麼說，約翰也沒理由拒絕，只好硬著頭皮上了。

約翰準備了一會，謹慎地整理好自己的服裝。

他拉長了脖子，將手放在小男孩的頭上，並且用大拇指撥弄著小男孩的額頭，在他的額頭上，不斷反覆地畫上十字。

約翰用英文反覆地對著小男孩說：「我以耶穌基督之名，命令你從這男孩的身體中出來。」

任凡皺著眉頭，看著約翰脖子上佈滿了青筋一臉辛苦的模樣。

印象中有聽撚婆說過，就鬼魂來說，沒有軀體這種形象，所以能夠殘存在人世間的，都是種意識形態。

這也正是靈體在任凡眼中會有顏色的原因。

這些顏色正透露出組成他們的意識形態是怎樣的能量。

正因為沒有軀體，所以對鬼魂來說，子彈、刀械等對軀體擁有破壞力的武器，對他們並不會有威脅，除非這鬼魂生前就對刀械可以傷害鬼魂這件事情深信不疑。

而鬼魂在形成的時候，他的思想與情緒轉變成靈體留在人世間的同時，他的弱點也已經決定了。

這點即便是在古今中外，都是大同小異，因此對付鬼魂的方法也是大同小異。

經過一段時間之後約翰眼看鬼逼不出來，拿出了聖經與用玻璃瓶裝的聖水，繞著小男孩在他身邊朗讀聖經，並且三不五時朝他灑水。

每每被約翰的水灑到，小男孩都是一臉痛苦不堪的模樣。

小男孩的脖子爬滿了青筋，嘴巴也不斷吐出綠色的汁液。

任凡搖著頭嘖嘖了幾聲，很怕小男孩一個吐氣把這些黏液吐在自己身上，因此一連退了好幾步，退到了牆邊蹲了下來，繼續觀看這場歐洲版的人魔大戰。

任凡想起小時候曾經聽撚婆說過，歐美也有許多類似中國道教之類的神秘學以及民間信仰，但是在幾個主要宗教的洗禮之下，這些民間信仰逐漸瓦解。

很多驅魔除妖的方法，都已經被人淡忘。

就算有流傳下來的，許多方法都不被教廷所允許，所以這些驅魔師真的是上了戰場只剩下一張嘴可以用。

只見這場大戰在一面倒的情況下進攻，而進攻方又是如此的單調，只是繞圈唸經灑水，讓任凡感覺到不耐煩。

正想要出聲阻止，換個迅速一點的方法。

誰知道任凡剛起身，小男孩突然慘叫了一聲。

這時連約翰都嚇了一跳，退了好幾步逃到任凡身邊。

只見小男孩痛苦不堪，仰著頭張大了嘴。

嘴巴不斷冒出黑氣，黑氣在身邊聚集，慢慢形成了一個人的形狀。

任凡見狀也傻了，想不到這黑靈真的被約翰逼了出來，而且一點前兆也沒有！

起先任凡還盤算著等到惡靈差不多要現形的時候，他再去準備一下讓自己和約翰能帶著小男孩溜走就好了。

畢竟任凡一開始打的算盤就是完成委託，其他一概不管，想不到事情竟然來得如此突然。

本來看約翰似乎效力不彰，所以一派輕鬆地想說等約翰失敗了，到時候再挑幾個撚婆教過自己的方法，看看能不能在「安全的環境」之下，把惡靈逼出來。

然後再設下一點機關，相信這惡靈就算想找也找不到這小男孩了。

如此一來不需要對付黑靈，任凡可以拍拍屁股就帶著小男孩離開。

而委託也算是完成了，這樣任凡就可以從男爵那邊拿到盔甲或者是高級長桌。

誰知道這禁不起約翰碎碎唸的惡靈，竟然在任凡毫無準備的情況下被約翰逼出來了。

這下真的玩火自焚了。

8

想不到自己最有信心的浮游靈辦案法失效了。

這讓方正感覺到心灰意冷。

說不定，犯案的人真的是外來的人。

大家回到寺廟後，經過方正等人商量，決定先讓大家回房，由阿火與方正分別守在另外兩對夫妻的房門前，至於思苑那邊就交給佳萱。

美其言是保護眾人的安危，但另一方面也有監視的意思。

守在李得福夫妻門前，仔細回想今晚的一切。

方正還是不明白為什麼任凡教他的方法會失靈。

黑夜籠罩，只有雨聲，迴盪在這寂靜的夜。

這時外面突然一聲巨響，似乎預告著今晚的噩夢才剛要開始而已。

眾人被這一聲巨響嚇到，所有人都衝了出去，才剛到廟口，就看到廟前廣場的停車處發生大火。

方正見狀，立刻看了一下所有人，只見李得福夫婦也在這聲巨響之下驚醒過來，很快從後面追出來，佳萱與思苑也一起趕到了門前，所有人都到了，就只差阿火與他所負責的周宏志夫婦。

「不好了，阿火！」見不到阿火，方正立刻跟佳萱說。

方正打算回頭衝到後面找人，只見阿火正好衝出來。

「不好了，隊長。」阿火跑到方正身邊，氣急敗壞地說：「周宏志他們夫妻倆從窗戶爬出去了。」

想不到兩人竟然不顧一切逃出去，讓方正暗叫不妙。

「爆炸的是誰的車子？」方正問道。

「好像就是他們夫婦倆的車子。」

果然，在停車場爆炸的那台車子正是周宏志夫婦的。

這下子幾乎可以確定，不管兇手是誰，他們都是針對在寺廟裡的人。

而且，兇手不惜一切要將大家困在這裡。

如果貿然派人出去，說不定反而更加危險。

然而，兇手的目的究竟是什麼？

是和這間寺廟有仇，把大家當成了來這裡的香客因而趕盡殺絕？還是針對那幾個已經身亡的死者？又或者是潛伏在這荒野的隨機殺人犯？

該不會是知道這裡有警察，才會下這樣激進的戰帖吧？

方正不斷揣測兇手以及兇手的目的。

大家都是因為大雨，路上積水，所以才湊巧來到這間廟裡，盤問和觀察的結果，也絲毫看不出這些人之間有任何關聯。

像這種沒有動機的謀殺案，看起來就像是精神異常的人才會做出來的事情。

推論到這裡，方正也想起了佳萱說過的話。

「我們……是不是不能排除阿火？」

方正看著一旁現在看似「正常」的阿火，不禁冒出冷汗。

9

黑夜慢慢沉靜下來。

那對新婚夫妻，的確從窗戶逃出廟外，冒著雨回到車子裡，準備逃離這裡。

想不到上車之後，才剛發動車子，車子就突然冒出大火，接著發生爆炸，將兩人活活燒死在車裡。

看樣子兇手潛伏在這片黑茫茫的荒野之中的可能性很高。

連車子都設下這樣的機關，就是不讓眾人離開這個地方。

到底是跟廟方有仇的？還是……

方正看著與火燒車並排在一起的其他車輛，因為大雨的關係，雖然有部分被炸損，但是所幸都沒有引發火勢。

就在望著車子發愣的時候，方正突然想到一件事情。

是的，因為一直把辦案的焦點放在利用這些浮游靈身上，讓方正已經幾乎忘了，身為一個警察，有時候也需要按照邏輯來推理。

太過於依賴陰陽眼，反而讓方正壓根忘記了在沒有陰陽眼的情況之下，該如何辦案。

方正突然想到了一個非常重要的關鍵，大雨中，方正的腦袋跟隨著這個稍縱即逝的線索，一步步想下去。

感覺整起案件的拼圖，就這樣慢慢浮現出來了。

方正的嘴角緩緩勾起了一抹微笑，終於想通的他，轉過身快步朝廟裡奔去。

大廳裡面，阿火與佳萱集合了剩下的李得福夫婦與思苑三人，等待著方正的下一步指示。

想不到方正衝了回來，而且不理眾人逕自朝後面跑去，佳萱見狀，向阿火示意一下，也跟著方正跑到後面。

佳萱跟著方正到了房間裡面，看到方正正在何永廉的身上搜著。

「怎麼啦？」佳萱問。

方正沒有回答，繼續搜著何永廉的口袋，過一會笑著說：「有了。」

只見他掏出一串鑰匙，並且將鑰匙放到口袋裡，接著也到了隔壁房間從林景榮身上找到鑰匙。

「你發現什麼了嗎？」佳萱看到方正這異常的舉動，推測他應該是找到什麼重要的線索，所以這麼問。

方正點了點頭說：「嗯，可能，不過要看過之後才知道。可以麻煩妳幫我去跟李先生要一下車鑰匙嗎？」

雖然不知道方正打什麼算盤，不過佳萱仍然點頭，去大廳向李得福要車鑰匙。

儘管不太情願，但是得福最後還是交出了鑰匙。

方正帶著佳萱，再度回到停車處。

方正先檢查了一下何永廉的車子，再用鑰匙打開車門，仔細查看車內確定沒問題，然後兩人才分別坐到了車上。

到了這裡，方正才跟佳萱解釋：「我剛剛想到一個非常重要的關鍵，妳還記得我們為什麼會到這裡來嗎？」

佳萱點了點頭說道：「記得，因為阿火。」

「嗯，如果我們沒有按照阿火那時身上其中一個靈魂所給的指示亂走，我們根本不會來到這裡。」

方正說著，發動了車子，接著伸手到前面的置物櫃，把置物櫃打開，在裡面找了一下。裡面除了一些文件與一包衛生紙之外，什麼也沒有。

原本方正是打算尋找地圖或地址之類的東西，但卻一無所獲。

接著方正眼光移到了車子駕駛座右前方的那台機器上，那是現在幾乎每台車子都有的 GPS 定位系統。

方正將 GPS 拿下來，然後操作了一會，臉色立刻驟變。

「怎麼啦？」看到方正的表情，佳萱問道。

「妳先拿著這個。」方正將 GPS 交給佳萱，然後開門下了車。

只見方正跑回自己的車子，過了一會之後，手上也拿著自己車上的 GPS 回到了佳萱身邊。

「我一開始就覺得有點奇怪，因為這條路是條死路，為什麼會有四、五台車子跑到這裡來。」

方正說：「就像妳知道的，我們之所以會來這個地方，都是因為阿火，所以我不自覺地想，那麼其他人呢？」

「因為對這附近不熟悉，所以走錯路了？」

「嗯，我一開始也這麼想，不過這樣的機率其實不高，因為對路況不熟悉的人通常不會嘗試走小路，反而會在大馬路或人車比較多一點的地方繞。所以我就在想，會不會有什麼原因讓他們都集中在這條路上。」

方正這時將自己的 GPS 打開，轉到佳萱面前。

「妳看。」方正將 GPS 上面的地圖給放大拿到佳萱的面前：「我剛剛將這兩台 GPS 設成同樣的目的地。」

「首先，妳看這兩台的路線，根本不同。」方正說：「妳手上那台，也就是何永廉的機子，指示的路線就是朝這裡來，但是我的 GPS 卻是完全不同的路線。」

佳萱聽到方正這麼一說，瞪大了眼睛看著兩台路線完全不同的地圖，方正的 GPS 甚至連這條死路都沒有顯示出來。

「換句話說，何永廉根本沒有開錯路，而是照著 GPS 的路線，才會開到這個地方的。」

「也就是說要回台中的何永廉，是照著 GPS 的指示，才會開上這條死路？」

「嗯，如果以他要回去台中來說的話，根本不應該走這條路線。」

佳萱看著手上兩台 GPS，沉吟了一會問道：「那麼其他幾台車呢？」

10

大廳中，阿火看著李得福夫婦與思苑。

大家的心情都有點焦急，尤其是李得福，真是半刻也閒不下來，一直來回踱步。

畢竟，在自己眼前已經連續死了那麼多人，他自己根本不知道該怎麼面對這一切。

好不容易，終於等到了方正與佳萱從外面回來了。

「你們找到支援了嗎？」還以為方正與佳萱是出去找人來支援的李得福，一見到方正回來劈頭就問。

方正沒有回答，反而是走到阿火旁邊，在阿火耳邊輕聲交代了幾句話。

佳萱手上提著一個袋子，裡面裝了幾個黑壓壓的機器。

方正交代完之後，就到中央的桌子前面打開佳萱提進來的袋子。

「這幾台 GPS 是我從大家車子上面拆下來的。」方正一邊說，一邊將袋子裡面的 GPS 給拿出來：「你們猜猜，當我以高雄市警局為目的地，在每一台 GPS 都輸入這個地址之後，出現的路線會到哪裡？」

聽到方正這麼說，思苑臉上的表情突然陰鬱了起來。

而李得福當然知道地點了點頭，畢竟他家就住高雄，他輸入在 GPS 上的地址正是高雄市。

李得福指著外面的路說：「就是外面那條死路啊！真是兩光的爛貨。」李得福轉過頭對李太太說：「就跟妳說便宜沒好貨吧！妳看，都是這台爛機器害我們捲入這個恐怖的事件。」

方正聽了淡淡一笑說道：「沒錯，就是這裡。不管是哪一台機器，它們最後都是指向這條路。不過，有一台例外，那就是我車上的 GPS。它可是很清楚的將路線指示到正確的道路上。」

聽到方正這麼說，得福一時之間還無法會意過來，側著頭皺眉看著方正。

「你們想想看，這四支 GPS 都是不同品牌，但四支裡面有三支都故障了，而且壞的地方還一模一樣的機率有多高？」方正不等大家回答，搖了搖頭說：「你們的 GPS 都沒有故障，只是被人動了手腳，我想另外那台車上被燒毀的 GPS 應該也不例外。」

方正說完之後，轉過來看著思苑，這時的思苑也正用銳利的目光看著方正。

方正對思苑說：「雖然我現在不知道妳是什麼時候修改他們的 GPS，並且把路改成這裡。不過我想犯人應該就是妳。」

方正說完，立刻點頭示意阿火動手。

阿火從後面抓住了思苑，並且將她的雙手用手銬反扣起來。

原本還以為思苑會拚命抵抗，想不到她竟然動也不動地任憑阿火將她銬住。

「只要等雨停了之後，我會請地方的警局，將這些 GPS 拿去化驗，我相信一定可以找到妳的指紋。」方正說：「不只這些，還有房間裡面的那兩具屍體，我只能說，妳並沒有處理得很好，我相信那兩具屍體都可以找到妳行兇的蛛絲馬跡。」

思苑沒有反駁，只是用冰冷的雙眼看著方正，彷彿眼前的這男人與她有不共戴天之仇。

「我不知道妳是怎麼計畫的，不過我覺得妳把他們聚集在一起，也算是個失策。」方正搖搖頭說：「就算沒有我們，當妳殺害其中一個人的時候，妳不也必須承擔被另外兩組人馬懷疑的風險？」

「哈哈哈——」思苑突然狂妄地笑了起來，她面貌扭曲，一臉狠勁與大家一開始見到的思苑完全不同：「你以為我會在乎嗎？告訴你，我從一開始就打算跟他們一起死了。」

「為什麼？」佳萱不解地問。

方正看了看思苑，又看了看李得福夫婦。

這些人怎麼看都不像認識的模樣，怎麼會有什麼深仇大恨呢？

而且光是年紀就有很大的落差，方正實在不懂為什麼思苑要這樣把這些人引到這裡來殺害。

「我非常樂意告訴你們，」思苑咬牙切齒地說：「讓你們知道他們這些人是多麼死有餘辜。」遠處，借婆靜靜地看著。

在那裡面發生的一切，借婆都已經知道了。

借婆緩緩閉上雙眼，或許在那裡面方正他們聽到的只是思苑的獨白。

但是對借婆來說，她可是對這糾纏三世的恩恩怨怨一清二楚。

第5章・血色黃金

1

四十幾年前的一個晚上。

一陣天搖地動，所有燈火瞬間全暗了下來。

大地發出野獸般的怒吼，不間斷的轟隆巨響，伴隨著驚叫聲響徹雲霄。

地面劇烈搖晃不止，眼前盡是一片漆黑。

阿輝連站都站不穩，原本想逃命的他卻一屁股跌坐在地，當下也不敢再輕舉妄動，第一個閃過腦海的念頭是——世界末日？

阿輝第一次體驗到所謂的「人生走馬燈」，在生命面臨危險，感覺自己即將死亡之際，以前所發生過的點點滴滴，全都像跑馬燈一樣閃過眼前。

當下也不知道這世界究竟變成了什麼樣子，但阿輝很快就看開了，心情恢復到最初的平靜，等待死亡的來臨。

就在這時候，阿輝的世界不再搖晃了，他懷疑自己究竟是生是死。

但是一旁的哭喊聲，很快就喚醒了阿輝，自己身上被一些零碎的掉落物砸中的痛楚，也立刻讓他反應過來——自己還活著。

「小芬？小芬？」阿輝急忙跳起來找人。

阿輝與小芬在下個月即將結婚，兩人已經交往了一段時日，前陣子訂婚後，小芬才從隔壁鄰搬來和阿輝住在一起。

循著小芬的聲音，阿輝終於摸到了小芬。

「小芬，妳沒事吧？」

「我的腳被櫃子壓到了。」小芬的聲音略顯痛苦。

阿輝順著摸到倒下來壓住小芬的櫃子，用力將它搬開，小芬這才緩緩爬出來。

阿輝攙扶著小芬，摸黑小心翼翼地走到屋外。

附近的鄰居也全都跑到外面，一臉驚恐地討論著剛剛發生的事情。

「剛剛到底是怎麼回事？」

「地震吧！」

「好大啊！」

「對啊！我從來沒遇過那麼大的地震。」

「我還以為是世界末日耶！嚇死我了。」

聽到地震，阿輝這才會意過來，在他生命中，經常忽略地震這種自然景象。

過去或許有遇到過地震，但由於震度很小，警覺不夠，讓阿輝完全忘了有地震這種東西存在，才會一度也以為是世界末日。

「哎唷！夭壽喔！你的頭怎麼流血流成這樣啊？」

「誰有醫藥箱啊？幫忙一下喔！」

「媽媽，好痛，我腳好痛。」

「我這裡有藥水，有誰受傷的？」

傷者一一出現，哀號聲此起彼落。

阿輝下意識地看向小芬一跛一跛的右腳，鮮血染紅了腳背，根本看不清楚傷口究竟在哪裡。

「妳先在這裡坐著，我回家裡拿藥。」阿輝雖然驚恐，卻用平靜的口氣安撫小芬。

他很清楚這時候如果自己不保持冷靜，只會讓小芬更慌張而已。

才剛放開小芬的手，地面又開始搖晃了起來。

左鄰右舍大家開始四處逃竄，阿輝趕緊回到小芬身邊，拉起小芬就要跑。

「是餘震，大家趕快到田裡去！」老張高聲呼喊，要大家到空曠的地方去。

小芬實在跑不快，其他人又一股腦地衝過來，突然一個男人從旁邊一把抱起小芬，不忘吩咐阿輝快走。

但餘震震度也不小，眾人跌跌撞撞之下，好不容易才到田裡，在這陣混亂中又多了好幾個傷者。

「謝了，小李。」阿輝謝道。

「客氣什麼，你們兩個沒事吧？」

剛才抱著小芬跑的正是小李——阿輝從小一起長大的玩伴。

若不是小李，小芬可能會被人群撞倒在地，像地毯般被大家踩過去。

小李平時在工地幹粗活，跟坐辦公室的阿輝比起來，力氣大上許多，要抱起一個女人是輕而易舉的事。

「我沒事，小芬的腳被櫃子壓傷了。」阿輝指著小芬受傷的右腳說。

小李看了一下小芬滿是鮮血的腳，不禁皺起眉頭。

「我回去拿藥，小李，麻煩你幫我照顧一下小芬。」

「不好吧！說不定還沒震完。」小李叫住阿輝：「而且房子裡的東西都倒成那樣了怎麼找？」

小李說得有理，阿輝苦著一張臉看向小芬，小芬也同意小李說的話，對阿輝點了點頭。

「喂，你們都沒事喔？」一個吊兒郎當，說話不討喜的男子走向三人。

「耶？阿旺，你今天有值班嗎？」小李問。

這位看起來有點痞，整天無所事事的男子阿旺，由於找不到工作，為了一點收入而加入了附近居民自治組成的「巡守隊」，有點類似現今的守望相助隊。

巡守隊主要是維護附近居民的安全，就像大樓保全一樣，在很多鄉下地方直到現在都還有類似這樣的自治團體組織。

附近居民會定期繳交一些金錢或提供物資給巡守隊，這與繳大樓管理費也有異曲同工之妙。

雖然阿旺看起來不是很可靠，但這裡的男丁不多，大部分年輕人又都有自己的工作，無法兼任巡守隊一職，因此阿旺算是一個不錯的人選。

「有啊！不然我是拿手電筒在這邊逛街的喔？」

「你們那裡有沒有急救箱？」

「好像有，又好像沒有，我去看看。」

阿旺跑回巡守隊的小屋查看，阿輝和小李互看了一眼，同時搖頭嘆息。

雖然阿旺年紀比兩人大一點，但附近鄰居就只有他們幾個的年齡較接近，因此小時候也經常混在一起。

兩人對阿旺這種神經大條，一副什麼事都無所謂的樣子，一直感到很無力，但阿旺的脾氣又不是很好，說也說不得，沒有變成流氓在外面收保護費，就該覺得萬幸了。

「你們看，那邊的天空好紅！」小芬突然叫道。

阿輝和小李跟著看過去，那個方向正是阿輝上班的地方。

「可能是火災。」老張不知何時走了過來說：「那邊比較都市，晚上還熱鬧，用火的人家應該不少，說不定就是剛剛的地震才引起大火。」

遠處紅光照亮了夜空，如果真是火災，那肯定是一片火海。

阿輝慶幸自己還沒存夠錢換房子，原本打算搬到都市買間房子，上班也方便，這下可完全沒那個心情了。

「哇，你家小芬的腳不去擦個藥嗎？」老張注意到小芬的傷勢皺眉問道。

「剛剛阿旺去找急救箱了。」

「唉，我看等他找來天都要亮了吧？」老張跟著嘆了口氣。

話才剛說完，地面又震盪了起來，這次的餘震搖得比上次更加大力，田裡還出現了一條細長的裂縫。

發現裂縫的居民驚叫連連，個個人心惶惶，手足無措。

「別緊張，在外面比較安全，進屋裡可會被東西壓到，待在這裡就好了。」老張再度高聲呼喊，提醒大家冷靜。

阿輝三人相信老張的話，待在原地不敢亂動。

老張在鄰居之間的風評原本就不錯，雖然沒有什麼優良事蹟，但也從沒做過什麼缺德事，可以說是個普普通通的好人，自然也讓阿輝等人覺得就照他的話去做無妨。

雖然阿輝不說，但老張似乎看出他的疑問，對著三人苦笑說：「我阿姐不是嫁到屏東去嗎？五年前那邊才發生過大地震，所以我從她那邊聽過一點有關地震的事情，想不到今天自己就遇到了。」

說完，阿輝和小李點了點頭，怪不得老張比其他人都鎮定得多。

「倒了！倒了！聽說阿欽他們家倒了耶！」

「你說那個阿欽嗎？」婦人手指著遠處的東邊。

「對啊，聽說他們家屋頂都垮了。」

「怎麼會這樣？他們家不是很高級嗎？」

突如其來的一陣騷動，讓阿輝等人也愣住了。

「阿輝，」遠遠的阿旺就邊跑邊對著這邊大吼：「有啦！有急救箱，不過你們可不可以來幫忙一下？」

阿旺把急救箱塞給小芬，拉著阿輝就要走。

「什麼事這麼急？先讓我幫小芬包紮一下啊！」

「唉呀！包紮什麼！都快死人了！」

「喂！你說這話也太過分了！」阿輝憤怒地甩開阿旺的手。

「喔，不是她啦！我說阿欽啦。」阿旺對小芬揮了揮，指向遠處阿欽家方向。

「阿欽家真的倒了嗎？」小李急著問：「剛剛聽到有人在喊。」

「是啊，剛剛鄰長是這麼跟我說的，他要我帶幾個年輕人去看看，你也知道巡守隊都一堆退休的老人家，沒幾個能用的，所以我才找你們一起去啊。」

「救人要緊，你們就趕快去吧，我沒事的。」小芬對阿輝點了點頭。

「你們先過去，我叫我老婆照顧一下小芬。」老張拍了拍阿輝的肩膀。

「不好意思，麻煩你了。」

「三八啊！鄰居互相照顧一下應該的啦！再說我們都幾年的朋友了？」老張笑著往阿輝的背上用力一拍。

老張長得人高馬大，力氣自然也不小，這一拍讓阿輝差點跌個狗吃屎。

阿輝、小李、老張、阿旺四人各自備妥了一個包包，裡面裝著各種緊急救難物品，浩浩蕩蕩地就往阿欽家去。

2

「我應該跟鄰長要多一點獎金，這次可不是像平常巡個邏就好，救難耶！這可是高級任務！」阿旺露出得意的笑容。

「要不是其他巡守隊員年紀有點大了，我看鄰長應該最不想讓你去吧！」小李立刻潑了阿旺一桶冷水。

「唉呀，我怎麼會也找了個老人一起來？」阿旺用戲謔的口吻說。

老張知道阿旺又要拿自己開玩笑，立刻先接話：「誰不知道你想說什麼，我不過比你大個幾歲而已。倒是你，都這年紀了還改不了嘴賤的壞習慣，當心真的討不到老婆。」

「放心啦，等我有一天比你老就會改掉了啦！」

「當我白痴啊？我比你早出生就永遠比你老，最好有你比我老的一天！」

大家不約而同哈哈大笑，化解了原本要救難的緊張情緒，要不是四人從小一起長大，了解彼此的個性，這些對話可能就不只是玩笑話而已了。

如果換成別人，早就讓阿旺一拳打倒而且吵起來了。

老張之所以會被叫做老張，就是因為從小長得比同年紀的人臭老，阿旺三不五時就把他當成老人家來開玩笑。

阿旺雖然嘴賤，從小就被大家當成叛逆的小孩，但阿輝等人都清楚知道，阿旺其實人還不錯，要他幫忙的話，他很熱心而且很合群。

眾人聊天的嘴還來不及閉上，已經走到了阿欽家面前，但嘴巴只有張得更大，連下巴都快脫臼了。

四人愣愣地望著阿欽家，眼前看到的房子不再是他們印象中的那棟豪華別墅，而是一棟好像施工拆房子拆到一半的廢棄屋。

房屋東側梁柱斷裂，攔腰折斷，整個房子向東傾斜，整片屋頂隨著傾斜的角度滑落下來。如果地震當時人在東側的屋內，光用想的就可以知道應該已經變成肉餅了。

較為完好的西側，也因為東側的坍塌，門戶都受到影響而扭曲，也可以明顯看見碎瓦礫剝落，整個建築看起來就是棟危樓。

四人被眼前的景象震懾住，久久說不出話來，原本開玩笑的笑容也立刻消失得無影無蹤。

「要進去找嗎？」小李率先打破沉默。

「先喊喊看吧！如果他有回應的話會比較好找方向。」

老張說完，立刻提高嗓門，朝屋裡大喊幾聲：「阿欽？欽嫂？有人在嗎？」

「我記得阿欽他老婆好像帶女兒出國去玩了？」阿輝突然說道。

「是喔？」

「印象中，前天還是大前天有聽陳太太說過，她還說很羨慕她可以出國去玩。」

「那就好，好在她們出國逃過一劫。」

過了好一陣子，都沒有人回應，眾人互看一眼，戴起了工作用手套和工地安全帽，準備進去搜。

「小李跟阿輝，你們倆去那邊看看。」老張對著兩人指了指較完好的房屋西側，「我跟阿旺去另一邊看看。」

「好，你們小心點。」小李點點頭。

兩隊人馬分別搜尋房子的東側跟西側，東側到處是斷垣殘壁，不搬開些瓦礫堆實在難以搜索。

為了搶救，老張和阿旺一前一後，在東側的前後兩邊分開挖掘。

而西側外面烏漆抹黑，根本看不出個所以然，小李和阿輝只好小心翼翼地走進屋內，幸好樓梯沒斷，還能搜到每一層樓，但誰知這邊會不會又因為餘震而倒塌，兩人越走越快，很快地就搜完了半棟豪宅。

「怎麼樣？」看到小李和阿輝走了過來，老張著急地問。

兩人搖了搖頭，表示什麼也沒看到。

「喂，你們過來一下。」阿旺遠遠地向三人招手。

「怎麼樣？找到了嗎？」

「噓！」阿旺比了個噓的手勢，要大家安靜下來：「你們有沒有聽到什麼聲音？」

四周一片寂靜，突然聽到有個微弱的聲音傳出，四人頓時抖了一下。

「很可怕，對吧？」

「什麼可怕，是阿欽啦！阿欽還活著。」

「可是聲音是從後面傳來的耶！」阿旺指了指自己身後，背對房屋的地方。

大家同時轉身看向後面，在廣大的後院一角，有間像是儲藏室的木製小房間。

「應該是那間吧？」小李指了指儲藏室。

「嗯，去看看吧。」老張應道。

四人走到儲藏室前，老張毫不考慮就把門打開。

裡面除了一些東倒西歪的掃除用具和種花器具等雜物之外，並沒有看到任何人影。

儲藏室雖然被地震震得亂七八糟，但裡面空間不大，一眼就可以看出裡面究竟有沒有人在。

「欸，別開玩笑了吧！」阿旺突然覺得背脊發涼，一陣毛骨悚然。

老張皺著眉頭，翻動裡面的雜物，但不管怎麼翻，就是不見人影。

「唔……誰……救……我……」

聽到有人呼救的聲音，老張更確信阿欽還活著，把裡面的雜物全都往外搬，而阿旺則是嚇得躲到最後面。

所有東西都搬出來了，只剩下一個空的儲藏室，裡面卻發出阿欽的求救聲，讓老張也不禁冷汗直冒。

「聲音是從這裡來的，沒錯吧？」老張轉頭向三人確認。

阿輝緩緩地點了點頭：「應該是啊……」

小李向老張說了聲借過之後，往儲藏室裡的四個牆面敲打。

其中有個地方的聲音不太一樣，小李立刻朝那片木板撞了過去。

想不到撞出了一扇門來，儲藏室裡還有一個隔間，隔間門做得太完美，即使拿著手電筒照，也很難發現這道暗門的存在。

一打開暗門，其他人立刻擠上前去，果然看到阿欽就倒在地上。

然而比起阿欽，更吸引他們目光的是砸在阿欽身上的那些金磚。

倒在地上的阿欽，從下巴到胸口被一個看起來十分笨重的金屬保險箱壓住。

從保險箱裡散落出一堆金磚和鈔票，其中一塊金磚還在阿欽的頭頂砸出了個洞，血絲沿著金磚流到了地板上。

壓在身上的保險箱讓阿欽呼吸困難，不停地大口喘氣，發出微弱的求救聲。

站在最前面的小李，看到這樣的畫面，立刻又把暗門給關上。

「你幹什麼？趕快救人啊！」阿輝急道。

小李的手緊抓著門不放，就是不肯打開。

老張見狀，立刻會意，也跟著保持沉默。

「喂，你們怎麼了？該不會他真的已經死了，我們看到的不是人吧？」阿旺聲音顫抖地問。

「你胡說什麼？他不是還活著嗎？再不救就真的要死人了！」

阿輝說完，立刻上前去要開門，卻被老張一把拉了回來。

「你先冷靜一點，如果我們沒有來得及找到他呢？」老張反問阿輝。

「啊？不冷靜的是你們吧？你們想見死不救？」

「話別說得那麼難聽，我們有沒有找到他，別人不會知道的。」老張輕聲地說。

「沒有找到人，卻找到錢跟黃金？」阿輝已經猜到他們的意圖，一臉不可思議地問。

「我們不說也沒人知道他有黃金。」小李冷冷地說。

「他老婆會不知道嗎？」阿輝反駁。

「他那老婆大家都知道是買來的，阿欽跟她感情也沒多好，他老婆還不是因為愛錢才會嫁給他？這他自己也知道。你看他特地做了這樣的暗門，你以為他在防誰啊？就是防他老婆啊！」小李理所當然地繼續說：「你看一般人要防外人偷錢，藏家裡不就好了，為什麼他不敢藏家裡？就是因為要防內賊啊！」

「不管他老婆知不知道，我們都不應該拿那些錢，阿旺也同意我說的吧？」阿輝轉頭問阿旺。

阿旺還不是很了解狀況，被這麼一問，下意識地點了點頭。

「我們不拿錢，只拿黃金。」小李說：「有錢不拿，世上哪有這樣的笨賊？所以我們只拿走黃金，把鈔票留下來，這樣就不會讓人懷疑了。」

「你要我為了黃金殺人？」

阿輝從來就不知道小李是這樣不正直的人，難以置信地看著小李。

「不是殺人，我們只不過是來不及救他。」老張幫小李說話。

「明明就來得及！見死不救就是殺人啊！」

眾人爭論的同時，裡面還不時傳來阿欽的痛苦哀號。

「阿輝啊，你不是想要搬到都市去嗎？你不是想要跟小芬過好一點的生活嗎？接下來結婚、生小孩都會是一大筆開銷喔！」老張語重心長地說。

阿輝瞬間垮下臉來，內心有些動搖。

「阿旺，你不是一直很想當看看有錢人嗎？你不是常常都覺得阿欽很自以為是？要是你跟他一樣有錢的話，就不會到現在都還沒娶老婆了吧？」老張轉而遊說阿旺。

阿旺點頭如搗蒜。

老張與阿欽的年紀相近，當時阿欽早早結婚之後，老張就一直被家人催婚。

當年的老張就不懂，為何一個遊手好閒、不務正業的阿欽會有女人要，而且還帶給自己不小的壓力。

而現在，老張當然也了解阿旺的想法，阿旺和阿欽一樣沒正當工作，成天無所事事，然而阿欽卻有源源不絕的女人倒貼上去，還娶了個美麗嬌妻，這阿旺怎麼可能會服氣呢？

「對啦！我就是因為窮才會沒老婆，有錢好辦事，女人都只看錢啦！」阿旺把自己討不到老婆的原因全都怪罪到錢身上。

「不，不是有錢就好。」阿輝突然清醒反駁：「老張，你跟我也沒多有錢吧？我們不是也有個好老婆？到現在生活不是也過得不錯？」

老張鐵青著臉，沉默不語。

「唉，就老實跟你說吧，阿輝！老張跟他老婆最近越來越常吵架，吵架的原因不是什麼，幾乎都是錢。他老婆最近開始抱怨東抱怨西，說什麼以前說得多甜蜜，要去哪玩結果都沒有，還說什麼也沒一點閒錢可以去買件新衣服，逢年過節要慶祝一下也不能去高級一點的餐廳。」小李突然瞪大眼睛，指著阿輝說：「小芬現在跟你還在甜蜜期，等你們結完婚之後，她說不定比老張他老婆還快變成黃臉婆，就只因為你們沒有錢！」

阿輝驚訝地看著老張，他從來就沒聽老張說過這些事情。

老張只是嘆了口氣，輕輕地搖著頭。

想不到說服不成，反而被小李的一番話擊中要害。

貧賤夫妻真的百事哀嗎？

窮人就沒有窮人的幸福？

「現在有機會翻身變成有錢人，你們不要嗎？」小李問。

「嗯？可以有錢為什麼要當窮人？」阿旺理直氣壯地說。

眼看阿旺已經被說服，加入他們的行列，阿輝也只有低著頭保持沉默，不知道到底該怎麼做。

「既然阿輝也沒意見了，那我們就先說好，我們現在還沒有找到阿欽，我們先到外面等一陣子再進來，我們找到的只有阿欽的屍體。」小李一字一句慢慢說。

這麼做的目的是想要讓阿欽隨著時間自然死亡，如此一來也可以減低他們自身的罪惡感。

當大家慢慢退到儲藏室外，壯碩的小李和高大的老張不再擋在自己面前時，阿輝突然迅速穿過兩人衝了進去。

三人反應不及，來不及阻止，砰地一聲，暗門已經被阿輝撞開了。

然而阿輝卻杵在門前一動也不動。

小李三人慌忙趕上前來，映入眼簾的是臉部表情已經扭曲變形，不再做任何掙扎的阿欽。

就在剛剛，阿欽的聲音早已漸漸消失，眾人因為內心的掙扎和言語的爭論，徹底錯過了搶救阿欽的時機。

阿輝後悔自己說那麼多做什麼，到頭來說不定就是自己婆婆媽媽那麼久，才會無意間害死了阿欽。

想不到再度開門，看到的真的是阿欽的屍體。

此時四人全都愣愣地看著阿欽斷氣的模樣，沒有人做出反應。

阿欽的雙眼撐得老大，瞪著門外，就好像帶著恨意責怪四人為什麼不救他。

小李默默地走進暗房，撿起一塊金磚就往阿輝手裡塞。

阿輝捧著金磚的雙手不斷地顫抖，愣了好一會兒才將金磚丟掉。

「別這樣，阿輝，阿欽人都死了。」老張拍了拍阿輝的肩膀。

「就算他死了，這黃金我也不能拿。」

「你不是想讓大家知道是我們害死了阿欽吧？」老張和藹的語氣中帶點威脅。

阿輝驚恐地看著老張，想不到老張也自知害死了阿欽，卻一副毫不在乎的樣子，而且還反過來恐嚇自己。

眼看阿輝還無法接受，不能和大夥兒站在同一陣線，老張只好讓阿輝回想阿欽過去是個怎麼樣的人。

「記得阿欽剛搬過來的時候嗎？」老張問。

阿輝不做反應。

「印象中是我國小三年級還四年級的時候吧！阿欽才搬來這邊住。」老張看了阿欽的屍體一眼繼續說：「當時他們家就把這片田買下來，然後突然就在田中間蓋了一棟別墅，那時候大家都在討論那是誰家蓋的，沒看過這麼大、這麼漂亮的房子。」

阿輝不明白老張說這些的用意，不以為然地看著老張。

「其實，阿欽他們會搬來這邊，是因為鄰長是他們的老朋友，這樣他們要辦什麼事都比較方便。」老張語氣有些不悅地說。

「這話是什麼意思？」

「阿欽他們家有很多特權，他們想怎樣沒人能管，出了什麼包鄰長也會幫他們處理好。」說到這裡，老張嘆了口氣：「唉，不過鄰長也不敢違抗阿欽，畢竟沒有阿欽，他就當不上鄰長了。」

此話一出，阿輝一臉莫名其妙。

「這我在巡守隊有聽過，鄰長的職位是阿欽給他錢去買來的。」阿旺突然瞪大眼睛，興奮地說出自己聽到的八卦。

「你說鄰長買票？」阿輝驚訝地問：「我怎麼從來都不知道？」

「不是鄰長親自出來買的，都是他的助選團利用拜票的時候幫他買。」小李冷冷地對著阿輝說：「可能看你是老實人，買了也沒用，所以你才沒遇過吧！」

「其實有一次當選鄰長的不是他，結果他去求阿欽，阿欽竟然用錢買通開票的人，改了當選人。」老張小聲地說。

這些事情阿輝是現在才知道的，他從來都不知道阿欽有這麼大的權力，就只因為家財萬貫。

「說到阿欽跟鄰長，我就想到這裡根本不是我們的巡邏範圍，可是鄰長都特別交代我們一定要來巡。」阿旺漲紅著臉說：「結果咧？阿欽從來沒有繳過錢給我們巡守隊，不知道在小氣什麼，還以為我們是他小的，幫他巡邏都應該的。」

「怎麼會？阿欽他爸把巡守隊組起來之後，第一個就問你要不要去，還說會給你固定的薪水讓你不愁吃穿，不是嗎？」阿輝問。

「那是他爸啊！現在咧？什麼固定的薪水？他有給過我一片餅乾還是一壺茶水嗎？」阿旺一臉不屑：「哼，笑死人了！」

「就算阿欽真的做了這些事情，但也罪不致死吧？」阿輝哭喪著臉說。

「其實你對阿欽也有恨吧？他以前最愛欺負的就是你。」小李說：「你忘了嗎？有一次他帶來的東西明明就已經有點壞了，他還借給你用，後來竟然說是你弄壞的，要你賠錢，而且又說出了非常不合理的價錢，說什麼那東西已經絕版買不到了，那時候你為了這件事痛苦了多久？」

阿輝咬著牙，輕輕地搖頭。

「還有公仔的事情，你記得嗎？」小李繼續說：「有一次出了限定版的公仔，大家都很期待，好不容易存了錢想說一發售就要去買……」

小李話還沒說完，阿旺突然一把火上來，立刻接話：「結果他竟然用預訂的，一口氣就把所有公仔全部買下來，還拿來炫耀給大家看說只有他有！」

阿輝對這幾件事情都有印象，低著頭不敢多說什麼，因為當時的他的確也是恨得牙癢癢的。

「哼！他有錢就自以為了不起，我最瞧不起的就這種人，那些錢也不是他賺的，他只不過是好運出生在有錢人家裡！」阿旺整個火氣都上來了，就連雙手都緊握拳頭。

「是啊！我們現在也不過是好運，撿到了一些黃金。阿輝啊！你就不要想那麼多了。」老張不斷勸說。

「這些黃金也是骯髒錢，沒有一分一毫是阿欽自己賺的，有的還是他壓榨來的，就當作是他良心發現回饋給我們吧！」看到阿輝閃爍的眼神，小李也跟著說。

「但是阿欽他爸對我們有恩啊！」阿輝依舊堅持自己的想法。

「我爸媽去世的時候，就是他爸幫我處理後事的，不然當時我還是學生，不要說不會辦，連辦喪事的錢都湊不出來。」阿輝想起父母的喪禮，神情有些哀慟。

「他爸以前也常招待我們去他家玩，還會給我們新玩具，把我們當成他兒子一樣。」阿輝轉頭看向小李：「小李，你還說過很羨慕阿欽有這樣的爸爸不是嗎？」

小李微微閉上雙眼，眉頭深鎖。

「還有老張，你們家之前欠人錢，就是阿欽他爸幫你們還清的吧？」

老張緊閉雙唇，表情痛苦。

「看在阿欽他爸的份上，你們不但讓他兒子死於非命，還要把財產一掃而空，這樣說得過去嗎？」阿輝大吼。

「有件事其實我們本來不想告訴你的。」老張無力地說：「你剛剛也聽說了，阿欽他們搬過來的原因。」

「阿欽他爸雖然比阿欽好一點，感覺好像也還算是好人，但其實那是為了掩蓋他的罪行。」看阿輝一臉莫名，老張繼續解釋：「你爸媽出車禍，的確是意外，但造成意外的就是阿欽！」

阿輝瞬間無法思考，什麼話都說不出來。

「你想想看，這附近誰家有錢買車？阿欽偷開他爸的車撞死你爸媽！換句話說，其實就是阿欽害死了你爸媽，所以他爸才會幫你爸媽辦後事辦到底，然後把整件事情壓下來。」

小李一手搭著阿輝的肩膀說：「可能因為你爸媽死得早，你還來不及從他們口中聽到一些事情。我們都有聽老一輩的說過，阿欽他爸為了賺錢害過不少人，所以他才會對大家好，想要彌補他曾經做過的錯事。」

想不到阿欽家竟然如此為富不仁，又得知自己的父母竟然就是阿欽害死的，阿輝受到嚴重打擊，沒再多說什麼。

眾人沉默了一會，老張才回歸正題：「現在說這些也沒意義了，阿輝，你就拿吧！」

平分完黃金之後，老張將阿輝的份放在他面前。

「我不會說的，」阿輝面無表情地說：「今晚的事我誰都不會說，這些黃金你們分吧！」

「你的份你就拿去吧！要不要用隨便你，但是你拿了我們也比較安心。」

「如果我說出去，也等於是告訴大家我殺了阿欽，所以你們放心吧，我不會說的。」

三人互看了一眼，老張搖了搖頭，小李便把阿輝的黃金裝袋收起來。

四個原本要好的朋友，如今氣氛卻變得冰冷，一路上沒有人說話，大家默默地各自回到了自己親人身邊。

3

「欸！欸！老張他們去看過了，說阿欽家真的垮了耶！」

「我看是報應啦！」

「話不能亂講啊！」

「嗯？阿不然咧？我們這邊都沒倒，他家不是很高級？怎麼會倒？」

「阿災，不過聽說他不是死在家裡，是死在藏錢的地方耶！」

「哈，那不就剛好，愛錢愛到死。」

「可以被錢砸死也不錯啦！我們想要這樣死還不一定做得到咧！」

「但是他主要好像是被保險箱砸死的？」

「那就是錢太多了啦！我們錢放皮包裡都還覺得皮包空空的，他還多到要放保險箱，死了又帶不走，那麼多錢有什麼用？」

幾天下來，街坊鄰居的閒言閒語不斷，盡是嘲笑阿欽為錢而死的景況。

或許阿欽真的是為了保護錢財才被保險箱砸中，但阿欽之所以沒能活下來的真正原因，卻沒有人知道。

「有找到阿輝嗎？」老張問。

「前天遇到小芬，我有叫小芬轉告他過來這裡了。」小李一邊說，一邊拎過一個袋子。

「還是要把黃金給他嗎？」阿旺問。

小李帶來的袋子裡，裝的正是原本要分給阿輝的黃金。

「如果他沒跟我們一起拿，你會安心嗎？」

「你真的相信他不會說出去啊？」小李白了阿旺一眼：「那小子從以前就不知道哪裡來的正義感，說不定他會為了自首，把我們全都招了。」

「阿輝也不笨，說到底他不過就是見死不救，他犯了什麼罪？」老張嘆了口氣繼續說：「現在他逃得掉，我們可逃不掉啊！」

「那如果他不來怎麼辦？」阿旺問。

「怎麼樣也要把這一袋塞給他啊！」小李指了指手上的一袋黃金。

「那他如果死不肯收咧？」

眾人沉默了一會，老張才緩緩說道：「那就要看他是不是真的『死』不肯收了。」

老張特地強調了死字，讓小李和阿旺都不禁抖了一下。

三人都明白，如果阿輝真的不肯收，那就只好讓他消失，才可保證消息不會走漏，他們也才能放下心中的石頭。

叩叩——

清脆的敲門聲，讓三人都震了一下，心臟也跟著劇烈跳動。

小李吞了吞口水，看了其他兩人一眼，三人互相點了點頭，小李才前去應門。

想不到站在門外的不是阿輝，竟然是小芬。

「阿輝說他不舒服，今天不想出門，不過我看小李好像急著找他，應該有要緊的事情，所以就代替阿輝過來了。」小芬語氣輕柔地說。

三人先前完全沒有預想到這樣的情況，只是呆立在一邊。

「我想你們要說的，」小芬正色問道：「應該是黃金的事吧？」

聽到小芬這麼一說，大家更是震驚到臉色發白。

說好誰都不會說出去的，竟然這麼快就出賣了！

雖然小芬是阿輝的未婚妻，兩人已經訂婚，但畢竟也還未嫁過門，怎麼如此輕易就說出去了？

況且連老張都沒有告訴自己的老婆了，阿輝怎麼會去告訴一個還稱不上是內人的女人呢？

此時三人已經徹底不再相信阿輝先前所說的話，全都惡狠狠地瞪著小芬。

「我想阿輝應該只有跟我說而已，你們不用擔心，我不會說出去的。」

又是這一句「我不會說出去」，然而真正做到的又有幾個人？

大家都喜歡把秘密告訴一個自己熟識的人，然後才要那個聽到秘密的人不要說出去，而聽到秘密的人又覺得自己只告訴一個可以放心的熟人無所謂，因此又傳給了下一個人，一個傳一個，傳到後來豈不大家都知道了？

「妳要我們怎麼相信妳？」老張深呼吸一口氣，平靜地問。

「聽說你們一直要把黃金分給阿輝，阿輝不肯收，我來代替他收下好了！」

想不到小芬竟如此豁達，還是說其實小芬也是個愛錢的女人？又或者是他們剛才的對話全都被小芬聽見了，才會想幫阿輝保命呢？

老張忐忑不安地看著小芬，小芬臉上的表情卻十分認真。

確定小芬不是開玩笑的，老張指了指放在地上的一袋黃金，站在旁邊的阿旺將黃金遞給老張。

「這是阿輝的份，現在妳收了這袋黃金就等於大家都在同一條船上了，不管妳拿去做什麼都一樣，如果事情洩漏出去，你們也有份！」老張不客氣地說。

小芬點了點頭，接過老張手中的黃金，看了三人一眼之後，轉頭就走。

小芬離開之後，三人也沒再多聊什麼，便各自回家去了。

4

昏黃的月光下，一個披頭散髮的女人，手中拿著搖搖欲墜的殘燭，在半毀的建築裡東翻西找。

不知情的人說不定還會誤以為是流浪漢在廢棄的房子裡撿破爛。

自從女人回國後，發現自己的家被地震震成了廢墟，她就開始不分日夜地大肆搜索這個家的裡外。

每個角落都不放過，就連成堆的瓦礫，她也徒手挖掘，原本精心修剪的秀麗指甲，如今也都是斷的斷、翻的翻。

她曾經是個人人稱羨的貴婦，要什麼就買什麼，從來不用考慮價錢。

每天只要把自己打扮得美美的，想去哪兒逛就去哪兒逛，就連小孩和家庭也都不需要她操心，一切交給女傭就行了。

誰知突然心血來潮，想出國玩，帶了女兒一起，也讓女傭隨行照料，結果一回國，家裡全都變了樣。

得知先生的死訊，她一點也不傷心，畢竟夫妻倆感情原本就沒多好，甚至可以說是形同陌生人。

女人當初之所以嫁給他，就是看上他的錢，而男人當初之所以娶她，也不過是因為貪戀她的美貌。

兩人各取所需，閃電結婚，根本不問對方跟自己合不合得來。

再美的女人看久了也會變得平凡，當男人膩了，女人也樂得自由，此時她最大的心願，或許就是希望自己的丈夫趕快死，好繼承他龐大的遺產。

然而，現在男人真的死了，留下來的卻不如她當初的預期，甚至還少得離譜。

「不可能！這死鬼不可能這麼窮，他到底把錢藏到哪裡去了？」女人幾近歇斯底里地咆哮。

矗立在一片田地中央的這獨棟荒廢豪宅，籠罩在黑夜之中更顯得陰森可怕。

這裡已經好長一段時間沒人敢接近，只有原本的女主人與自己的女兒，因為無家可歸，每天都只能待在這隨時可能坍塌的危樓裡。

「媽，不要找了啦……」小鳳拉著媽媽身上的破舊衣服苦苦哀求。

「小孩子懂什麼？我是為了什麼才嫁給妳爸？我又是為什麼會生下妳？」女人哭喊著：「我

們現在沒有錢要怎麼活下去？我一定要找到妳爸留下來的錢！」

這樣的畫面，每晚不斷重複上演，都已經找了一年多了，女人依舊不肯死心。

男人死後留下了一大筆現金鈔票，女人拿到的當下內心十分欣喜。

但已經揮霍習慣的女人，失去金錢概念，根本不知道這些鈔票其實並沒有多少，短短一年，她就把錢全都花光了。

剛繼承遺產時，她發現這些鈔票不夠重建或買一棟新的豪宅，平常人家住的小房子她又住不慣，索性每天花錢住高級旅館，還有人隨時幫她清掃，生活相當優渥。

住旅館也不需要傭人打理了，她便順勢把女傭辭退，霎時又多了點閒錢可以花用，省了僱傭費，生活卻也更加糜爛。

過了半年，女人終於發現自己的錢所剩不多，開始學習節制，但一切都已經來不及。

過慣了奢華的日子，女人甚至已經失去謀生能力，絲毫挽救不了困境，到現在，不只坐吃山空，連個可以落腳的地方也沒有。

女人變賣了自己所有還算值錢的東西，連衣服也賣到僅剩身上的一件。

接下來的日子，她每天只能穿著唯一的破舊衣服，像乞丐般到市場撿東西吃，天黑了就回自己那毀壞不堪的房子過夜，令人不勝唏噓。

「妳看，妳看，那不是阿欽他老婆嗎？」

「是嗎？她怎麼可能那麼邋遢？」

「妳不知道嗎？聽說她老公留給她的錢很少，兩三下就花光了。」

「嗯？阿欽不是很有錢？」

「唉唷，這就叫打腫臉充胖子。」

「妳看她以前還自以為是貴婦，現在變成什麼樣子。」

三姑六婆們的閒言閒語、冷嘲熱諷，讓她更不能接受，憑什麼自己要淪落到這種地步？一年前自己明明還是家財萬貫的啊！

她相信阿欽留下的絕對不只那些鈔票，她更有印象曾經不經意看到過阿欽抱著一堆黃金，那些黃金呢？

她不相信阿欽那麼快就花完那些黃金，不找到那些黃金她不甘心。

看著媽媽日益憔悴，把全部的心力全都花在尋找一些已經不存在的東西上，小鳳也只能躲在旁邊，默默地看著這一切。

小鳳好幾次勸媽媽別再找了，甚至自願去找工作賺錢，但她對這些黃金的堅持已經到了瘋狂的地步，什麼都聽不進去。

而小鳳背著媽媽偷偷去找工作卻也處處碰壁，年紀小不說，有人甚至只因為她是阿欽的女兒就不肯用她。

終於，小鳳的媽媽耐不住這樣的操勞，不久後就病倒去世了。

小鳳永遠記得媽媽臨死前告訴她的事情，千萬不要忘了她們曾經富有，應該屬於她們的錢是被那四個人偷走的！

小鳳的媽媽生前曾經忿忿不平地說：「就是他們四個找到妳爸的，地震過後也只有他們四個來過我們家！」

雖然沒有直接證據，但這四人在地震過後不到一年的時間全都搬家了。

搬家需要一筆不小的費用，這邊才發生地震，房價不可能高，就算賣了這邊的房子也沒多少錢，他們的搬家資金從何而來？

一個要養家養老婆，連房貸都還沒繳清，生活只勉強過得去的老張。

一個沒有正當職業，只靠巡守隊一點微薄津貼過活的阿旺。

一個做粗工，入不敷出，家裡還有年邁父母要養的小李。

還有一個剛出社會沒幾年，早就沒了父母做後盾，連結婚基金都還湊不齊的阿輝。

原本媽媽還活著的時候，小鳳並不恨，畢竟沒有證據，她也不知道媽媽是說真話還是想錢想瘋了。

但現在想想他們的確可疑，而且也是間接害死媽媽的兇手。

漸漸地，小鳳越想越恨，要不是他們，媽媽也不會變成這樣，自己的家庭也不會破碎。

這樣的仇恨，讓小鳳開始相信媽媽生前所說的一切，如果再讓她遇到他們，她會要他們付出代價。

年僅十五歲的小鳳，失去了雙親，失去了一切，她也不想再待在這個傷心地，這個家對她來說已經沒有任何意義。

在這裡沒有人願意向她伸出援手，即使曾經有幾戶人家對她表示同情，但都沒有餘力收留她，就連曾經很疼愛她的鄰長叔叔，現在也極力和她撇清關係。

小鳳死了這條心，離開家鄉，流落異地街頭，四處乞討過活。

漂泊了一段時日後，遺傳了母親美麗容貌的小鳳，在路邊被人相中，為了討生活，從此淪落風塵當酒家女。

之後的日子，小鳳只能努力討好客人，出賣自己的肉體，拿到的錢還得被抽成，實際上根本賺不了多少。

客人不滿意，被打被罵都不能吭一聲，媽媽桑不滿意，小鳳就只能等著被冷凍，回去吃自己。

幾年過去，小鳳竟意外懷孕生了個女兒，但卻連孩子的父親究竟是誰都不清楚。

她好恨，好怨恨這樣的生活！自己可是富家千金，為什麼會落魄到這種任人宰割的地步？

小鳳把自己的恨加諸於女兒思苑身上，每天只要心情不好就拿思苑出氣。

思苑總是哭著求媽媽不要打她，但小鳳就是無法克制。

工作中不能有情緒，對老闆、對客人都必須百般順從，唯一的發洩對象只有自己的女兒。

小鳳總是有理由，即使思苑只是想跟媽媽分享有趣的事情，小鳳也會以妳現在是什麼低賤的身分，憑什麼笑得那麼開心為由毆打她。

如果思苑心情不好，臉上表情只要有一點不悅，小鳳就會賞她一巴掌，並告訴思苑自己在工作時已經看夠這樣的臉色了，別讓她回家之後又看到那種臉！

就這樣，思苑在媽媽面前不能有任何情緒或表情，只要稍有不順媽媽的意，就等著被打到遍體鱗傷。

有幾次，思苑自己一個人靜靜的坐在旁邊，媽媽也突然中邪似的抓起思苑就是一頓猛打。

好幾次小鳳找不到打她的原因，她就會用同一個理由當藉口，那就是她本應是個富家女，應該有個門當戶對的結婚對象，不該跟陌生人生下思苑這個雜種，所以看到思苑就有氣。

然而年紀還小，天真的思苑並不知道媽媽為什麼會這麼說，更不懂這話的意思。她只知道自己不管做什麼事都不對，就算什麼事都沒做也不一定躲得過挨打。

5

燈紅酒綠的夜晚，閃爍的霓虹燈下，一個約莫六十歲的男子倒在當紅酒店門外。

酒店少爺正打算趨前趕人，想不到男人從口袋裡掏出一大把白花花的鈔票，一直吵著要續攤、找妹妹。

少爺見狀立刻改為笑臉迎人，攙扶男人進到店裡作客。

男人一進到酒店，立刻看上了雖然不是紅牌，卻最有姿色的小鳳。

小鳳雖然身材窈窕，長相甜美，但一直以來都不太懂得如何取悅客人，像這樣明顯已經醉昏頭的客人，他們實在很怕小鳳應付不來反而會惹事。

即使媽媽桑再三推薦其他小姐，但男人就是不領情，堅持非小鳳不可，甚至說要拿兩倍的價錢來買她。

然而男人殊不知這將是他付出慘痛代價的第一步。

小鳳遠遠走來，一看到男人就覺得有些眼熟。

小鳳陪笑的同時，也一直在回憶著究竟在哪裡看過這個男人。

直到男人對小鳳十分滿意，說要帶她出場，小鳳也還是滿腹疑惑。

男人帶著小鳳到旅館開房間，不料卻不勝酒力，一進去就倒在床邊呼呼大睡。

小鳳猶豫了一下，終於忍不住好奇偷看了男人的皮夾。

皮夾裡果然放有男人的證件，看到男人的名字加上比現在還要年輕的照片，小鳳瞬間醒悟——這男人不就是當年那四人之一的阿旺叔嗎？

當年的四個男人不時會和自己的爸爸聚在一起，因此小鳳認得他們的樣子。雖然他們現在老了許多，但隱約還是看得出年輕時的模樣。

這個把自己和媽媽害慘了的男人，現在就躺在自己眼前，而且毫無抵抗能力。

小鳳心裡突然起了歹念，她想報仇，這個仇此時不報更待何時？

但是如果現在殺了阿旺，自己的嫌疑肯定最大，萬一被抓，那她就永遠沒辦法向另外那三人復仇了。

都已經忍了這麼多年，再忍一陣子也無所謂。

小鳳決定先放了阿旺，她記下了阿旺現在的住址，打算回去之後再擬定周詳的謀殺計畫。

原本小鳳已經逐漸淡忘他們四人，但在遇到阿旺後，那股怨恨又再度佔據了她的心。

至今已經存了一點小錢，小鳳開始用盡各種辦法，私下調查當初四人現今的下落。

不調查還好，一查之下才發現不得了，四人現在都是有錢的大富豪。

他們全都結了婚，而且剛好都育有一名子女，其中阿旺還結婚、離婚好幾次，換老婆好像換衣服一樣，即使支付多筆龐大的贍養費，依然家財萬貫。

每個人現在都住豪宅、開名車，又是開公司又是當股東，全都享受著榮華富貴。

但四人之間已經沒有交集，看不出任何相互往來的跡象。

為什麼他們能一夜致富？

為什麼一起長大的好友會在一夕之間各奔東西從此不再聯絡？

所有的疑問和所查到的事實連結之後，小鳳得到了結論。

過去媽媽說的沒有錯，他們四人的確偷了錢，在發了不義之財後，為了逃避，為了掩人耳目，所以才會各自搬家各自飛。

於是，小鳳的生活有了目標，她辭掉酒店的工作，一心只為她的復仇計畫做準備。

這段期間，小鳳對思苑的家暴變本加厲，她要思苑記住這個痛。

如果不是這四個人，小鳳現在可以過著不用看別人臉色也不愁吃穿的生活。

如果不是這四個人，思苑會出生在一個健康且富有的家庭。

小鳳在計畫殺人之後，終於將自己的仇恨全都告訴了思苑。

她一再告訴思苑，要恨就恨他們，他們也讓媽媽和外婆過了好幾年不輸給家暴的痛苦日子。

她之所以經常毒打思苑，並不是因為她不乖，而是要她記住這四個人的所作所為，他們對她的殘暴與此無異。

即使現在她下定決心要報仇，也不許思苑忘記與他們之間的恩怨。

小鳳想了許多復仇計畫，最後還是決定痛下殺手，讓四人不得好死。

因為現今投資理財的方法變多了，不像過去父親那個年代只能鎖在保險箱裡，要搶回那些錢，憑她這樣的小人物已經不可能了。

況且那些錢能不能回到她手上，也已經無所謂了，對她來說，他們奪走的不只是錢，更是一個完整的家庭。

綁票取財是一個方法，但也有著極大的風險，很可能最後取財不成，也還沒殺到人就先被捕了，那豈不是會讓他們繼續逍遙在外？

對她來說，這次的復仇只准成功，不許失敗。

既然拿不走他們的錢，至少也要毀掉他們完整的家庭，最好的方法，就是讓那四個人從此消失在人間，讓他們到地獄去當面向已故的父母賠罪。

幾年之後，小鳳順利完成了復仇計畫，殘忍地謀殺了那四人。

而小鳳也在殺最後一個人的時候，因為對方的反抗，與對方一同慘死在現場。

由於小鳳當場死亡，外界和警方並不知道他們之間的恩怨情仇，因而以貧民忌妒殺害有錢人家的隨機犯罪來結案。

唯一知道一切事由、真相的只有思苑一個人。

思苑雖然從此脫離了家暴的陰影，但也失去了唯一的親人，更成了連續殺人犯的女兒。

「思苑，妳千萬要記住，那四家人的財富都是屬於我們的，只要他們還有錢的一天，我們的報仇就還沒結束。不要忘了妳有多痛！」

小鳳在實行最後一個殺人計畫之前，對思苑說了這樣的話，就好像在交代遺言一樣。

事實上，即使沒有死，小鳳原本也不打算逃避刑責，畢竟就算殺了他們，錢也不會回到自己手上。

再說如果要她繼續過這種窮苦受辱的生活，她寧可一死了之。

她只要他們付出代價，就算要她同歸於盡也無所謂。

她要他們知道，即使拿走她家的錢，也別以為能夠一輩子過好生活。

6

漸漸地，思苑長大了，能夠了解媽媽所說的話，她發現媽媽心中怨恨的根源，也知道那四戶人家對媽媽造成了多大的傷害。

因為這樣，媽媽才會為她取了這個名字，思苑就是私怨、思怨，她要她記住這不堪的私人恩怨。

這一切的一切，都要歸咎於當年的那場地震，當初的那四個人。

思苑從小就生長在一個充滿怨恨的家庭，每天醒來的第一件事，就擔心今天媽媽會怎麼毆打她。

思苑甚至不知道媽媽會不會笑，打從她有印象以來，她眼中的媽媽就從來沒有笑過。

這樣的生活讓她痛苦不已，思苑曾經有幾度想要逃家，但年紀還小的她根本無處可去。稍微大一點之後，即便逃家也每每會被抓回去，回去之後又被一陣痛毆。

因此，媽媽死了對思苑來說，她一點也不難過，甚至還有些開心。

但由於思苑成了殺人犯的小孩，在社會上很難有立足之地，就連她最不想去的，媽媽曾經待過的酒店也不敢用她。

為什麼她要出生在這個社會上？

自己到底做錯了什麼要被所有人排斥？

為什麼其他小孩都可以有快快樂樂的童年，自己卻只能在恐懼中度過？

就只因為那四個人！因為那四家人，自己就得要被糟蹋一輩子？

母女終究是母女，思苑徹底感受到媽媽的那股恨意，她也不甘心那四戶人家可以這樣毫無顧忌地享受好日子。

即使爸爸被殺了，等日子一久，忘了亡父的傷痛後，那四個人的孩子又可以繼續過他們美好的生活。

而自己呢？

媽媽同樣賠上一命也就算了，她這個殺人犯的小孩會有好日子過嗎？

小鳳唯一留給思苑的是一只牛皮紙袋，裡面裝著這四戶人家的資料。

思苑曾經想要報仇，但卻連要怎麼報仇都沒有個底。

她只好帶著這個牛皮紙袋踏上流浪之途。

一直到有一天，一個廟公好心收留了她，她才終於有個安定的居所。

廟裡平靜的生活，讓思苑漸漸忘了當初的仇恨。

在一次的廟會活動中，她認識了一個行徑大膽、個性狂妄的男孩。

廟會時他帶頭燃放爆竹煙火，爆竹炸開的瞬間他不但不閃躲，還大剌剌穿梭其間，一點也不害怕。

就算是過火儀式他也不像其他人慌忙衝過，而是好像跳舞一般輕鬆自在。

別人在跳宋江陣，他在旁邊空手奪白刃，雖然影響了陣頭表演，但這突如其來的插曲，也更加深了思苑對他的印象。

由於男子經常參與廟會活動，很快地就認識了思苑。

這名男子是當地幫派裡的一個小混混，平時喜好飆車，在外面逞兇鬥狠，菸、酒、毒品不離手，就連參與廟會活動也只是好玩，根本沒有一顆虔誠的心。

然而他卻對思苑非常親切，時常帶她出去玩，也會和她分享許多新奇有趣的事情。

男子對思苑很好，從來不會讓思苑感到不愉快，甚至只要有誰敢欺負思苑，他就會保護思苑，讓對方吃不完兜著走。

雖然廟公對思苑也不差，但廟裡的生活實在太無趣，除了跟著學習一些法術，偶爾幫忙一點雜務，剩下的空白時間就只能對著神像發呆，實在也稱不上是充實的生活。

對思苑來說，這個男人拯救了她，帶她脫離苦海，讓她第一次感受到活著真好。

和男子相處的時間是她這一生中最美好的時光，只有和他在一起，思苑才會覺得快樂。

不久，兩人成為一對情侶，思苑隨即不告而別，離開廟宇投靠男友，與他一起生活。

然而，不知是上天的捉弄還是命運的安排，男子在一次的幫派械鬥中，慘死他人刀下。

思苑再度從天堂墜入地獄，她無法接受這一切，為何所有悲慘的事情全都落在自己身上？好不容易出現了一個真正愛她、關心她的人，她的心靈終於有所寄託，有所歸屬，而現在卻又回到了原點，孤零零一個人。

男友去世之後，思苑成天有如行屍走肉般，連活下去的意志都喪失了。

思苑對人生的不滿，讓她再度想起過去悲慘的日子，她又找回了她的恨。

她恨上天竟是如此不公平，她恨從她身邊奪走一切的人們。

既然老天不給她好日子過，她也不想繼續苟活在這世上了！

但她實在不甘心，不甘心只有自己受苦，不甘心就這樣走上絕路，她決定至少也要拖著那些該死的人們共赴黃泉。

由於幫派械鬥涉及的人實在太多、太雜，思苑一時之間也查不清楚究竟是誰殺了男友，因此思苑不得已只好先放下這邊的仇恨。

而另一邊，將她的生活搞得如此不堪，讓她受盡折磨的那四戶人家，資料全都在她手中，此仇非報不可。

思苑照著媽媽留給她的資料，重新調查了這四戶人家的現況。

他們果然還是過著富裕奢華的生活，絲毫沒有因為他們的父親死於非命而有所警惕。

唯一讓她覺得老天有眼的是這四戶人家至今都還沒有後代，因此，如果現在殺了他們，就等於徹底斷絕了他們這骯髒的血脈。

思苑雖然恨，但她決定給他們一點機會，她想知道他們是否真的罪該萬死。

她假借廟公的名義，以廟宇老舊需要資金整修為由，向這四戶人家募款。

如果他們願意捐獻，表示他們還有良心，還能感恩知足，懂得付出，那麼他們就罪不致死，她會考慮放過他們。

結果這四戶人家全都不當一回事，完全沒有任何捐助的打算。

這一切全都不出思苑所料，她早就認為他們不會願意拿錢出來，這樣正合她意，像他們這種發了不義之財卻還一毛不拔的人，全都死了算了。

就趁他們四個現在都還沒有小孩，讓他們的血脈永遠消失在這世界上最好，如此一來她也算是替天行道。

已經長大且因為男友而結交了許多朋友的思苑，有了不一樣的視野及一點社會經驗，不再手足無措。

她不斷沙盤推演，縝密地策劃著要如何殺害那四戶人家。

首先，她必須先找一個完美的地點，要夠隱密，空間也要足夠容納四戶人家，同時，最好是自己熟悉的地方。

經過反覆的思考後，思苑決定用她曾經待過的廟宇當作謀殺地點。

那裡地處偏遠，也沒有正常道路可以走，平時更不會有人靠近或經過。

就算有節日慶典或廟會活動，也不會在那間廟舉行，她跟廟公一直以來都是到附近的大廟協助一起辦活動的。

決定好地點，已經隔了好一段時日不見，思苑終於又回到了廟裡，廟公雖然擔心地唸了她幾句，但仍然很高興思苑能夠平安地回來。

回到廟裡，思苑沒有以前的悠閒，她必須繼續她的計畫。

思苑不疾不徐地進行她的復仇計畫，甚至介入他們的生活，為的就是要確保能夠同時把四人約出來。

在回到廟裡之前，思苑曾經潛伏到四人的生活圈範圍，偷偷在四人車上的 GPS 動手腳，她將廟宇的路線記錄到 GPS 裡，只要輸入任何從嘉義到嘉義以外的地方，GPS 就會將路線指示到開往廟裡的這條路。

這樣的技術和竊車技巧，是思苑在已故男友的朋友身上學到的，她的男友交遊甚廣，雖然大多都不是什麼正直的益友，但卻能學到許多奇奇怪怪的事情。

以 GPS 改造為例，思苑就是從一個會改裝車的朋友身上學到的。

這些幫派友人也格外的講義氣，雖然男友已經不在，但曾經是朋友就永遠是朋友，即使現在思苑有什麼困難求助於他們，他們也都願意相挺。

終於，思苑約好了復仇計畫中最難搞的張佳盈。

張佳盈平時有事都叫傭人代勞，自己根本不出門，再加上她什麼也不缺，很難找到理由將她約出來。

整天悶在家裡，按理說應該會很無趣，一定有什麼特定的樂趣，能讓張佳盈足不出戶。

最後思苑查出了原來張佳盈沉迷於線上遊戲，知道她玩什麼遊戲後，要約她出來就比較簡單了。

思苑也跟著開了個帳號上去玩一陣子，思苑假扮成男性，並且在線上使用男性角色，虛情假意地對張佳盈體貼，刻意迎合與她無話不聊，很快就和張佳盈熟識了起來。

接下來，思苑幾度邀約張佳盈出來網聚都遭到婉拒，這次終於邀成了。

然而，一旦張佳盈接受了網聚邀請，謀殺計畫也就正式啟動了。

要找另一個同樣有家庭的李得福出來，相較之下就容易多了。

李得福是個視錢如命的人，他貪得無厭，已經開了好幾間公司卻還嫌賺的錢不夠多，他一直以生意至上，賺錢第一。

思苑只不過是假裝要跟他談一筆大生意，希望他能夠直接來接洽，李得福就輕易上鉤了。

一開始李得福確實懷疑過思苑這可觀的生意訂單很可能是騙他的，但她所承諾的一切都有利於自己，包括如果反悔不願意付錢或買賣中止，他都可以求償十倍甚至百倍的違約金，得福也就樂得一口答應了。

屆時思苑再請假冒買方的朋友，等李得福到了嘉義市再聯絡他臨時有事不方便，請他改天再來，一切就都準備就緒了。

搞定了兩人，剩下的兩個單身漢就更好解決了！好女色且整天沉迷於交友網站的林景榮，以及離了婚想要找第二春的何永廉。

思苑找了張網路美女的照片放到交友平台上，和林景榮攀談幾句後，要約他出來見面簡直是輕而易舉！

另外，她也到婚友社去，用假資料登記自己想找個終身伴侶，找到何永廉的資料後，積極對他表示興趣，接著再請婚友社幫她約出來相親就可以了。

只不過，這時思苑還不知道，雖然她只約了四個人，這四戶人家卻來了六個人。但就算如此也無所謂，他們也同樣享用了那些髒錢，在思苑眼中，他們一樣該死。

約好了四人，當然，思苑會讓他們全都無功而返，畢竟約他們出來本來就是一場騙局，目的只是為了讓他們到嘉義來，好讓他們要從嘉義回到自家時，利用被動過手腳的 GPS 將他們帶到這間廟裡。

GPS 上的路線會經過一條狹長且幾乎沒有人車會經過的道路，這並不是正規道路，而是已經荒廢多年的死路。

進來之後，附近就只有一間廟宇，以及廟前的一條連柏油都沒有鋪的羊腸小徑，而這裡就是思苑計畫中，這四戶人家的葬身之地。

思苑希望他們都能在同一時間內到達，讓他們全部聚集在一起之後，一次殺光，省得麻煩，因此她特別請那些飆車朋友們協助。

四人進到思苑熟悉的地盤之後，便會有幾名飆仔隨行，當然他們只是暗地裡跟蹤，如有意外才會出面。

思苑和飆仔們說好時間，請飆仔們協助讓那四人在這段時間內到達，如果有人快了就製造一點事端，如果慢了就在後面叫囂追趕。

但在預設的計畫裡，最麻煩的就是廟公了。

有他在，不要說殺人，就連瞪他們一眼都會被廟公阻撓。

因此思苑決定先支開廟公，她找了個理由，希望廟公這一天能到有名的寺廟參訪。

誰知廟公竟然發現了她的企圖，畢竟她也籌劃了好一段時間，這些日子思苑的形跡實在可疑。

廟公好說歹說，希望思苑能放下仇恨，現在還只是在計畫階段，要回頭還來得及，他不希望思苑犯下無法挽回的大錯。

誰知思苑在計謀被拆穿之後，乾脆一不做二不休，假裝自己已經悔改，卻在廟公的茶水裡下藥，毒殺了廟公。

一切都在計畫之中，偷偷在 GPS 上動手腳，讓廟公這個阻礙消失，約好四人再放鴿子，讓他們不知不覺中集合到廟裡。

就在實行殺害四人計畫的這一天，天空降下了一場大雨，但這不僅對計畫不造成影響，思苑反而覺得這次連老天都在幫她。

她臨時找了幾個朋友，要他們在四人都進到死路之後，將外面連接道路上的水溝堵住，阻礙排水，並且把附近廢棄農地留下的灌溉用溝渠水閘門打開，加速積水，把他們困在裡面，迫使他們來這唯一的廟裡求援。

原本還擔心計畫中最困難的就是將這些人困在廟裡，這下多虧了大雨，這件事也變得簡單多了。

然而，唯一在預期之外的是，進到這條死路的不只原先計畫中的四台車，在四台車進來了之後，緊接著又來了第五輛。

在外面的朋友們雖然告知思苑進去了五輛車，但她都已經精心策劃了這麼久，而且機會難得，她必須把握，因此還是決定照原定計畫進行。

在確定目標都進到這條死路之後，思苑便拔下了電話線並藏起電話，斷絕一切與外界的聯絡。

原本頂多半年才會碰上個一兩台迷路的車子，想不到在這種時候偏偏正好有人迷路進來，這是思苑萬萬也沒有想到的。

而在思苑得知來的第五輛車裡面坐的竟是警察之後，只好放棄原本打算慢慢虐殺四戶人家的計畫，改成盡快解決。

這場大雨，或許是老天在悲憐思苑，希望能阻止她鑄下大錯，放下心中的怨恨，不要重蹈母親的覆轍。

但思苑卻被內心的仇恨蒙蔽了，還高興地以為老天終於有一次是和她站在同一陣線，因此她的殺人行動也就這樣如期展開了。

第6章・全面失控

1

結果五家人，為了這些黃金，賠上了三代的人生。

只是就連當事人們都不知道，這其實只是因果輪迴的一個角落而已。

借婆回想起這一切，緩緩地嘆了口氣。

在這一代恩恩怨怨開始之前，有一個男人找上了借婆。

這個男人因為連續幾代貧苦，所以最後走投無路時，只好去搶、去偷，做了一些害人的勾當。

男人不知道反省，他把這一切歸咎於貧苦所致。

他認為，就是因為貧苦，他才會成為亡命之徒。

也正因為這樣，他的人生一代不如一代。

於是，為了不讓自己再次墮入這樣的無間道，他找上了借婆。

為的就是想為自己不知道多少世人生注定悲苦的命運借一點生機。

他不甘心。

他告訴借婆，就是因為窮困，因為潦倒，他才會走投無路，做出那些自己來生得付出代價的惡行。

他希望借婆可以借給他一世富貴，讓他享受一下當有錢人的奢華。

借婆委婉地拒絕了他。

「富貴自有天命，一切都是果報。」借婆這麼告訴他。

他當然不甘心。

他認為那些有錢的人，天生就是命好，他拚命工作，連自己都養不活，如果他是有錢人，他不但養得活自己，還會四處行善，如此一來，他的來生會因為這些福報，又可以富貴一生，如此富貴不息，生生世世。

借婆搖了搖頭。

畢竟，就男人的觀點來說，富貴就是一種福報，這在借婆眼中，是最為無知的。

只要是人，就會有煩惱。

從人世間的觀點來說，有錢的確就是一種生活品質的保障，讓自己不需要為了下一餐在哪裡而煩惱。

但是，如果從陰陽兩界、輪迴的觀點來看，富貴往往是種累贅，更可能是一種詛咒。

可是從男人的雙眼裡面，借婆看到了對金錢的執著，借婆知道他永遠無法領悟這些，於是借婆只是搖搖頭，不答應男人的請求。

因為借婆非常清楚，這一借只會徒增其他因果以及新的恩怨。

——但是到了最後，八卦杖還是敲在地面上，扭轉了這一切。

於是，他投胎成為了阿欽。

而那四個圖謀他黃金的人，正是前世中被他搶過的或者騙過的人。

不管是他，還是其他四家人，都有屬於自己的因果，都有屬於自己的結需要解開。

這四家人的前世都是出身富貴。

他們把窮人當成寄生蟲，而把窮人對一切不公平所產生的負面情緒，當成了忌妒與好吃懶做。

他們認為自己的富貴與高人一等就好像君權神授一樣，都是與生俱來的。

他們的高傲，在這一世中得到了證明。

當他們落入貧窮又遇到誘惑的時候，他們跟當初他們所瞧不起的人一樣，覬覦他人的財產，為自己所有不正當的行為尋找合理的藉口。

這是他們四家人過去的結。

而阿欽也沒有實現當年自己所說的樂善好施，而是荒淫度日引來側目與非議。

就是因為早已知道最後會是這樣的結果，所以不想另外多產生一條因果線。

借婆婉拒了他的借貸，可是卻……

八卦杖的確回應了他的請求，敲在地板上。

換句話說，這也是借婆自己的因果啊！

這一次，她不能像過去幾次幫助方正他們那樣，敲擊八卦杖解決一切危機。

因為這是她自己的因果，她的法術也對這些人無效，畢竟當年敲擊八卦杖的人不是借婆，而是……

所以他們並沒有虧欠借婆，因此借婆無法干涉這一切。

一想到這裡，借婆皺起了眉頭，臉上浮現擔憂的神情，望著那間廟宇。

因為她知道，事情才正要開始而已。

2

方正等人靜靜地聽完了思苑的故事，沒有人發表意見。

方正在聽到思苑如此縝密的犯案過程之後，他感覺很可惜。

如果她說的是真的，方正相信憑思苑的頭腦，一定可以在社會上有一席之地，可是她卻拿這樣的頭腦來報仇，不只害人，更是害己。

以方正等人所知道的訊息來說，這是現世報，也是一場糾纏三代的恩怨。人的所作所為，往往影響自己的陽氣。

即便這些子子孫孫不自覺，但是不表示他們不會受此影響。

畢竟打從他們出生，他們就是被這筆不義之財養大，這就是所謂的禍延子孫。所以他們的陽氣自然比一般人還要低，這也就是為什麼當初方正集合大家到廟前廣場的時候，浮游靈會靠近這些人的原因。

畢竟朝陰氣比較旺盛的地方聚集是所有鬼魂共通的特性。

而方正特別行動小組的人除了方正之外，全部都是先天具有陰陽眼的人，當然陰氣也都比較旺盛。

換言之，在這樣的情況下，只有方正一個人不會被這些浮游靈包圍。

這就是方正那個方法失效的原因。

不過最後方正還是走回警察的老路，用邏輯推理的方法，找到了兇手，也得知一切的恩恩怨怨。

「我還是不敢相信妳竟然只是為了這樣的原因，就策劃這如此龐大的復仇計畫。」阿火搖搖頭說。

「哼，如果我現在告訴你們，你們知道的前幾大首富，都是因為偷了你們家的錢才有今天，你們都不會恨？哼！」思苑不屑地說：「為了他們要有錢，你得從出生就過著苦日子，但是他們卻含著金湯匙出生，而這一切本來應該是你的，你們都不會恨？你們騙誰啊？」

被思苑這麼一說，就連方正一時之間也不知道該說什麼。

「錢不代表一切。」佳萱冷冷地說。

「哼！那是窮鬼用來安慰自己的台詞。妳看看他們這些人，一個個嬌生慣養的模樣。」思苑怒目瞪著李得福。

雖然不能認同思苑的話，但佳萱還是很清楚自己的分際，畢竟再怎麼說，佳萱不是法官。

如果思苑的話是真的，佳萱對李得福等人的父執輩趁人之危偷取人家黃金的事情，一點也不認同，所以佳萱選擇沉默。

「你們該不會相信她說的鬼話吧？」李得福見方正等人沉默，難以置信地說：「她們母女倆不但殺害了我的父親，還栽贓我父親，說什麼我父親貪圖她阿公的黃金。媽的！這種鬼話誰信啊？我父親是白手起家的，怎麼可能是偷妳阿公的黃金？」

「哼！你老爸當年不過只是一個幫人打零工幹粗活的，你阿嬤還得要在家裡做些手工藝品才勉強能夠餬口，哪來的資金白手起家？哈！」思苑戲謔地笑了一聲說：「真是笑死人了。我看是你老爸老媽沒告訴你這些事情吧？畢竟這是見不得人的髒事！」

「住口！妳這殺人犯的女兒！」

李得福怒氣沖天，走過去想要揍思苑，而思苑聽到得福叫自己殺人犯的女兒，也是滿臉怒氣，一副恨不得衝過去殺了他的模樣。

眼看兩人快要打起來了，方正示意阿火去抓住李得福，而要佳萱壓住思苑。

「好了，你們都不要再吵了！」方正站在中間，隔開雙方說道：「既然她已經被逮捕了，接下來就進入司法程序，你們在這邊吵也沒什麼意義。」

「哼，遇到你們是我運氣不好。」思苑看著方正說道：「我跟你們無冤無仇，所以只好先跟你們說聲抱歉了。不過，今天他們夫妻別想活著離開。」

思苑說完，原本還乖乖就擒、絲毫不掙扎的她，突然用力甩開佳萱的手，向後一躍跳到了鐵桌旁。

原本還以為她想要逃走，方正跟阿火立刻衝上前去。

誰知道她一站定之後，仰頭一咬，竟然把自己的舌頭整根咬斷。

這突如其來的舉動，嚇傻了在場所有人，大量的血液從她的口中噴出。

思苑竟像是絲毫不覺疼痛，口中唸唸有詞。

眼看嫌犯咬舌自盡，佳萱正想上前幫她止血，可是人還沒碰到，思苑竟又突然朝銳利的鐵桌角撞去。

眾人還來不及阻止，銳利的鐵桌角早已在她的喉嚨上劃出了一道深可見喉管的傷口，大量的血液從她的喉嚨噴了出來，在空中宛如雨點般散開來。

四處都沾滿了她的血液，尤其是那個原先放在神桌上供奉的神佛，此刻也被她的血液染紅，看起來格外駭人。

此景太過於駭人，連佳萓都看傻了眼，愣在原地。

原本的燈光也在同時之間全部熄滅。

李得福夫婦因為過於驚嚇，又突然停電而開始尖叫不已。

在一陣混亂之中，方正拿出手電筒，要大家冷靜下來，現場才逐漸回復平靜。

大廳中，瞬間安靜了下來，只剩下外面嘩啦啦的雨聲。

3

想不到思苑會突然咬舌自盡。

在佳萓的確認後，確定思苑已經死亡。

可是方正卻不敢鬆懈，畢竟剛剛思苑說的話還在方正耳邊徘徊。

「我跟你們無冤無仇，所以只好先跟你們說聲抱歉了。不過，今天他們夫妻別想活著離開。」

這句話不管怎麼聽，都不像是一個人放棄復仇時會說的話。

總覺得思苑似乎還有什麼沒有透露的機關。

而且在這種充滿怨恨的狀態下死去，雖然目前還不見思苑的鬼魂，但如果她以惡鬼的模樣出現在大家面前，似乎也沒什麼好驚訝的。

到時候要怎麼收服她，又將會是一大難題。

佳萱安撫著李得福夫婦。

「現在就請你們待在這裡，我會請阿火去找分局的警員前來支援，可能需要一點時間，不過在這之前，就請你們待在房間裡面。」

一聽到方正說還要他們繼續待在這裡，李太太立刻一臉慘白死命搖頭。

「不！我們受夠了。」李得福為了保護老婆，站到老婆面前摟著太太說：「兇手你們已經抓到了，我們一秒鐘也不想待在這裡。你可以隨時找到我們，我們也願意配合你們。但是現在我要帶我的老婆離開這裡。」

也不等方正等人回答，李得福牽著妻子的手，轉身逕自朝大門走去。

方正來不及阻止，但想不到大門一開，李得福夫婦兩人立刻放聲大叫，一連退了好幾步。

只見幾個滿臉是血，死狀悽慘的鬼魂就這樣直挺挺地立在門口。

從這些鬼魂的模樣看來，與在這附近徘徊的浮游靈完全不同，即使沒有任凡可以看出鬼魂顏色的陰陽眼，也可以很快判斷出來這些是來者不善的惡靈。

原本打算出去的李得福夫婦，被這幾個惡靈嚇得一路退到方正等人的後面。

方正與佳萱互看一眼，對於眼前的情況也是一頭霧水。

為什麼會突然有這些惡靈呢？

「你們看。」阿火指向西側的窗戶。

方正與佳萱看過去，只見窗戶外也跟大門一樣，有著兩個死狀悽慘的鬼魂就站在那裡，朝窗裡面望。

這時方正等人才發現不只西側窗戶，幾乎所有窗口都有類似的鬼魂站在窗外。

三人見狀不自覺地靠在一起。

就在三人不知所措之際，一陣尖叫聲從後面傳來，三人回頭一看，無不倒抽一口氣。

只見李得福雙手無力地垂在一旁，整個人身體都浮了起來。

一張恐怖駭人又熟悉的臉孔，出現在眾人面前。

掐死李得福後還把他的頭掰下來的不是別人，正是剛剛已經自殺的嫌犯——賴思苑。

只見思苑的屍體還躺在旁邊，可是思苑的魂魄已經化成厲鬼，手刃仇人。

見到自己的丈夫就這樣死在自己眼前，李太太再也不管那麼多，尖叫著衝出廟門。

「不要！」方正試圖阻止李太太。

但是驚慌失措的李太太已經失去了理智，悶著頭朝外面跑，完全不管幾秒之前才出現在門前與窗口那一張張恐怖的臉。

阿火見到李太太衝出去，也立刻衝過去想要救她。

可是人才到門口，就聽到了李太太驚人的尖叫聲。

「啊——」

方正與佳萱也一起趕到門前，就在廟口不遠處，李太太被怨靈給舉了起來，方正等人想要衝出去，可是為時已晚。

只見李太太在怨靈的圍攻之下已經回天乏術，被這些鬼魂撕成了肉塊。

「退！」方正催促著阿火與佳萱：「快退到後面！」

方正這才明白剛剛思苑臨死之前跟方正等人道歉的原因。

原來她早就知道接下來會發生什麼，所以才會事先對注定捲入這場風波的方正等人道歉。

那些怨靈在殺了李太太之後，立刻轉過身，朝方正等人過來了。

方正帶著佳萱與阿火立刻朝廟後面跑去。

方正等人不知道的是，這裡是塊極陰之地，所以才會聚集那麼多的鬼魂。

思苑在這裡生活過一段時間，自然知道。

當年就是為了鎮住這塊地的陰靈，所以居民才會捐錢共同蓋了這間廟宇，並且請來法師當廟公。

一切都是希望可以鎮住這塊地長年以來所發生的一些怪事，而這附近也因此才會沒有住家或道路，更沒有什麼人車通行。

而被法師收養的思苑，耳濡目染下也學到了一些法術。

她知道供桌上的神像，只要被血染過，就會失去效力。不！不只失去效力，血染神像，形同一種褻瀆，反而會讓這塊地更加邪惡。

而這些原本被壓制的凶靈，頓時失去了約束，脫下浮游靈的外衣，一個個回復本性，並且變本加厲。

這就是她計畫中的最後一環，也是一個玉石俱焚的招式，並且真的為她報了血海深仇，只是這樣的咒語，現在也將方正等人捲入。

方正等人一路退到後面的房間裡面，那些惡靈不斷追了上來。

眼看鬼魂一步步靠近，方正這時也無法顧及外面的大雨了，指揮大家從後面的窗戶爬出寺廟。

三人逃出寺廟之後，不管東南西北朝著反方向逃跑。

後面的鬼魂們也跟了出來，一路追著方正等人。

三人跑了一陣子，就在這個時候，阿火突然停下腳步。

「怎麼啦？」見到阿火突然停下來，方正揮著手催促道：「快走啊！不然他們就要追上來了！」

一道閃電在此刻遠遠地劃破天際，藉由雷光，方正與佳萱清楚地看到了阿火的臉，也看到他正在扭曲的模樣。

「不好了！阿火又要變了！」佳萱叫道。

方正當然也知道，衝過去抓住阿火的肩膀搖著阿火叫道：「不行！阿火！不要啊！」

可是這已經太遲了，畢竟受到這塊地的影響，阿火體內的靈魂也開始活絡起來。

只見阿火的雙眼向上一吊，整張臉孔慢慢恢復平靜，但是卻不再像阿火正常時候那樣，而是一張看起來不像善類的兇惡臉孔。

方正見狀，放開了阿火，一連退了好幾步。

就在眾人的耽擱之下，後面的鬼魂已經追上來了。

方正與佳萱這時真的不知所措了。

現在不但要脫離凶靈的攻勢，眼前還有阿火的危機，一方面要救人，一方面又要解決凶靈。

方正內心不禁吶喊，即使是任凡也很難解決如此棘手的情況吧！

4

原本還打算在約翰放棄之後接手的任凡，卻萬萬也沒有想到情況會演變至此。

從男孩身上脫離出來渾身散發黑氣的惡靈，宛如兇猛的老虎般，緩緩掃視過四周。

任凡摀著約翰的嘴，躲在那黑靈看不到的角落。

如果在這種情況下跟黑靈打照面，那麼雙方肯定會落得不是你死就是我活的下場。

這跟任凡一開始打的如意算盤完全不同，畢竟再怎麼說，任凡既沒有法術，也沒有援軍，打從一開始就不打算跟他交鋒。

想不到約翰的驅魔方法真的把他逼出來了，而且還是在毫無任何預兆的情況下。

眼看不知死活的約翰還在那邊照本宣科碎碎唸，任凡立刻摀住他的嘴躲了起來。

黑靈掃視了一會之後，重新將注意力放在小男孩身上，小男孩低垂著頭坐在椅子上失去了意識。

趁著黑靈的注意力都集中在小男孩身上，任凡拉著約翰，兩人偷偷地逃離閣樓，跑到樓下去。

才剛到安全的地方，任凡總算喘了一口氣，旁邊的約翰卻著急地說：「我們為什麼要逃出來？現在那惡靈出來了，我們已經成功一半了，不繼續下去嗎？」

任凡聽了白了約翰一眼說道：「剛剛如果不是我摀住你的嘴躲起來，你現在已經去見你親愛的上帝了。」

「有那麼危險嗎？」約翰不解地皺著眉頭。

任凡只是揮揮手要他不要囉嗦，想著接下來該如何是好。

約翰有這樣的疑惑是合理的，畢竟一開始任凡就說讓自己試試看，眼看著惡靈已經被驅離小男孩，不正是消滅他的最佳時刻嗎？

但是，從一開始就不打算消滅惡靈的任凡，原本是打算在惡靈被驅出來之前，設下一些機關與陷阱，可是卻想不到約翰竟然在毫無預警的情況之下，將惡靈驅出來，導致任凡來不及反應。

從某個角度來說，約翰的確是經驗不足，不然按照惡靈威力的不同，在驅出惡靈之後，已經不知道有多少神父，反而被這惡靈所殺。

如果今晚不是任凡在旁邊，只怕約翰有能力將惡靈驅出來，卻沒能力制伏住他。

可是經驗不足的約翰，完全不知道眼前這惡靈的可怕，眼看小男孩已經快要擺脫惡靈的糾纏，在一旁催促著任凡，想要快點解救那小男孩。

「既然能把他驅出來，我想用過去我看過那些驅魔師的辦法，一定可以消滅他。」

約翰說得信誓旦旦，任凡挑眉凝視著他。

的確，現在惡靈被驅出來了，如果兩人什麼都不做就離開的話，這小男孩也等於沒救了。

一旦再被這個惡靈附身，就算撚婆來也沒救了。

既然約翰那麼有信心，一時之間任凡也想不到辦法，任凡也只能聳聳肩，讓約翰試試看。

兩人小心翼翼地回到了閣樓。

只見那惡靈站在小男孩身邊，並且用手扶在小男孩的天靈蓋附近。

「他又想進去了，如果這次再讓他進去，這小男孩就算毀了。」任凡輕聲告訴約翰。

約翰點點頭，調整一下呼吸，鼓起勇氣一口氣站了出來。

任凡留在原地，想好好看看約翰要如何解決這個惡靈。

約翰走到惡靈的背後，拿出十字架與聖經，用左手將十字架伸到身前對著黑靈，右手高舉聖經。

約翰深呼吸一口氣之後，大聲對著惡靈用英文叫道：「我以主耶穌之名命令你離開這個小男孩，回到屬於你的空間去！」

任凡一聽差點沒暈倒，想不到約翰這傢伙竟然只是老調重彈，用同一套方法想要制伏這個惡靈。

眼看那惡靈毫無反應，約翰又大喊一次，並且朝惡靈靠近了一步。

看到約翰這個樣子，就連任凡都搖頭了。

幸運的是，那個惡靈似乎一點也不在乎約翰，只專注在小男孩身上。

只見不知死活的約翰，深信著自己的方法可以驅除這個惡靈，一步步朝惡靈走去，連頭也不回完全不看任凡這邊一眼。

終於，約翰與惡靈之間已經到了伸手就可以碰觸到的距離。

只見約翰重新吼了一聲：「我命令你回到屬於你的空間去！」之後，竟然伸手用十字架朝惡靈身上一壓。

那惡靈被十字架一壓，痛苦地仰頭哀號一聲，回過頭來就是一拳，將約翰連人帶十字架都揮開。

約翰被惡靈這突如其來的一下擊中，整個人飛了起來，直直撞上閣樓的牆壁，十字架也因此掉在地上。

任凡過去將約翰扶起來，黑靈惡狠狠地朝兩人瞪了一眼，那臉就好像是在說，如果你們敢再打擾我，我就會殺了你們。

任凡伸手將渾身痛到快散掉的約翰扶起來，一臉理所當然地說：「你這樣當然不行啊，就算你先前那些碎碎唸真的有用，但是人家住在小男孩體內，原本住得很舒適，結果被你這樣碎碎唸給唸出來，不要說是他，就連我都很火大了。你現在繼續用這種碎碎唸攻勢，人家正在氣頭上，當然沒用啦。」

約翰聽了不敢置信地瞪著任凡。

想不到自己賣命演出沒得到滿堂采，任凡還一整晚都只是在旁邊說風涼話，就算約翰身為神父脾氣再好，這時候也不免火大起來。

一旁的任凡仍然嘮叨地說：「我覺得你應該先安撫他一下，好歹讓他火氣不要那麼大，或許你的那些方法就可行了。」

約翰氣得臉紅脖子粗，瞪了任凡一眼啐道：「你厲害？那你來！」

任凡嘖了一聲，揮了揮手要約翰退下。

約翰一臉不以為然，退到了一邊，比了比手勢，示意要任凡表現看看要如何安撫惡靈。

只見任凡扭了扭脖子，拉起了袖子，一副要大展身手前的熱身模樣。

任凡站穩了馬步之後，對惡靈吹了聲口哨，吸引他的注意。

果然惡靈在這聲口哨之後，緩緩轉過頭來一臉兇狠地看著任凡。

約翰見到這一幕，赫然想到任凡完全不會英語，他實在很懷疑任凡要如何跟這個惡靈溝通。

就在這個時候，任凡伸出了緊緊握著拳的右手，接下來下一幕真是讓約翰看到目瞪口呆。

只見任凡右手對著黑靈，並且慢慢地將中指伸了出來。

「這是哪門子的安撫法啊！」約翰大叫：「你這叫火上加油吧！」

想不到約翰話還沒說完，那惡靈怒號一聲，果真朝任凡撲了過來。

任凡咬緊了牙，比著中指的右手因為過度用力而顫抖著，就在黑靈撲上來的同時，任凡將右手用力向前一戳，直直刺入黑靈體內。

那黑靈被任凡的中指一戳，竟然整個飛彈到閣樓房間的另外一端。

約翰張大了嘴，不敢置信。

因為當年見到任凡的時候，任凡身邊有撚婆，所以他根本不需要用到他那神奇又兩光的中指，約翰壓根不知道任凡有這麼一招。

約翰看著任凡的中指，本來還想要叫任凡快點乘勝追擊，可是想不到任凡的中指在戳了黑靈之後，竟然整個腐爛潰敗，就好像殭屍的手指般，讓約翰不禁皺起眉頭。

任凡完全無視自己的中指已經潰爛，從口袋中拿出了彈弓，用腳勾住約翰掉在地上的十字架。

另外一邊，被任凡這一戳而震飛到房間另外一端的黑靈也重新整理好態勢，眼看任凡與約翰都沒有離開。

那黑靈張大了嘴，怒吼了一聲，朝兩人撲了過來。

任凡熟練地將腳輕輕一挑，將十字架挑起來之後，用右手將十字架接住，左手架好彈弓，迅速將十字架放在繩上，使勁一拉。

這時黑靈已經逼近眼前，伸出雙手正準備置任凡於死地。

任凡手一放，十字架就好像子彈般直直射向黑靈的臉。

這一下來得奇快，加上黑靈撲過來，兩人距離又短，十字架紮紮實實射中了黑靈的眉心。

這一射可不得了，黑靈立刻被射回房間的另外一端，痛苦地抱著頭哀號。

任凡笑著說：「我說過了，他在怒火上，我用中指幫他消消火，這時候再用上你的十字架，肯定會讓他中招。」

這一切只看得約翰張大了嘴，一臉癡呆，用腳拿十字架，還隨意將它丟出去，這可真是褻瀆神明啊！

「你還在發什麼愣！」任凡催促著約翰：「快用你的碎碎唸攻擊啊！」

被任凡這麼一說，約翰才回過神來，跑到痛苦不堪的黑靈身邊，打開聖經唸著裡面的經文。

那黑靈在十字架與約翰的經文雙重攻擊下，力量流失迅速，身形越來越模糊，最後就這樣消失無蹤。

「所以你以前就是這樣收鬼的嗎？」看到任凡如此俐落又有經驗的模樣，約翰笑著問。

「沒有，」任凡搖搖頭說：「撚婆退休之前，收鬼是她的工作。撚婆退休之後，我也不碰黑靈的案件，所以這次算是特例。」

聽到任凡這麼說，約翰不解地問：「那、那你怎麼會知道這個方法可行呢？」

「嗯，隨緣啊。」任凡一臉理所當然地說：「反正可不可以，試了就知道。」

「那如果不行呢？」

任凡聳聳肩說：「不行，就換成他決定要怎麼宰我們啊。」

約翰聽了愣在原地，想不到任凡竟然會是臨場反應。

到底該說這傢伙神經太大條，還是說經驗太老到。

「想不到我們就這樣成功地消滅了惡靈，說起來也真是多虧有你。」

雖然過程有些驚險，但約翰第一次驅魔就能成功，還是滿意地露出了笑容。

「消滅？」任凡聳了聳肩，似笑非笑地看著約翰說：「他只是暫時魂飛魄散而已，用這種方法驅魔，過幾年他就可以重組成形，到時候又是一尾活龍了吧。」

「什麼？那怎麼辦？」約翰慌張地問。

任凡輕鬆地將雙手盤在後腦勺，挑眉說道：「到時候我就又有任務可接，這樣就可以再賺他一筆啦！」

約翰不敢置信地看著任凡的背影，過了一會笑著搖搖頭。

兩人將小男孩安置回他的臥房，約翰請人去找他們親人回來，而任凡選擇在親人回來之前離開。

畢竟委託任凡的人不是活人，而是這男孩早已死亡多年的祖先。

走出了宅邸，任凡懶散地伸了個懶腰，如此一來也算是完成了一個委託。

在回程中，任凡滿腦子裡面都是該選擇什麼來當作報酬。

男爵提出的這兩樣東西，對任凡來說都是上等的報酬，他需要好好考慮一下。

只是任凡作夢也沒有想到，一個很久不見的大人物，竟然會在任凡開心想要領取報酬的時候拜訪自己。

5

眼看著惡靈就在眼前，而阿火卻在此時轉變。

現在兩人要丟下阿火也不是，要留下來陪阿火也不是。

這時，變了個人的阿火，緩緩掃視著四周，目光兇狠，面目可憎。

後面的惡靈沒有給阿火太多時間，一個接著一個撲向他。「阿火！」

苦無方法可以對付這些惡靈的方正，只能大聲叫著阿火。

可是就在惡靈碰到阿火的那一瞬間，阿火雙手一伸，竟然反過來掐住了惡靈。

原本還以為阿火會慘遭惡靈毒手的方正等人，看到阿火反過來掐住了惡靈，還搞不清楚怎麼回事，阿火竟然又有了更驚人的舉動。

只見阿火張大了嘴朝那個惡靈的頭咬去。

方正與佳萱兩人一臉不敢置信地看著阿火。

那個惡靈在阿火的猛啃之下，竟然被咬掉了半邊的頭。

「天啊……」

看著眼前阿火宛如惡鬼的模樣，讓方正又想起了爐婆當時說的話。

「在這七十二個靈魂裡面，一定有至少一個惡靈。」

難道說，現在在方正眼前的這個阿火，就是那個惡靈嗎？

阿火就這樣活生生吞掉了一個惡靈，其他惡靈見狀，似乎也知道阿火是個他們惹不起的對象，竟然開始朝廟宇的方向退去。

想不到阿火這突如其來的轉變，反而讓方正等人獲救。

正當方正慶幸擺脫了這些惡靈時，阿火突然將頭轉向方正。

眼下危機已經解除，方正正打算開口跟阿火協商，看能不能讓阿火回神。

想不到阿火竟然一個箭步衝到了方正眼前，一手抓著頸子，一手抓著腳，毫不費力地就將近兩百公分的方正舉了起來。

方正被阿火這麼一抓，完全來不及反應，整個人就這樣被阿火給架了起來。

在空中的時候，方正想要掙扎，可是阿火扣著方正脖子的那隻手傳來令人難以置信的力道，讓方正連呼吸都快要中斷了，根本無力掙扎。

方正只感覺到阿火左右手互相向外拉扯的力道，這力道之強讓方正感覺自己的身體就快要被阿火扯開了，痛苦地發出微弱的哀號。

阿火已經完全失控了。

方正最擔心的情況終究還是發生了。

作夢也想不到阿火竟然會突然攻擊方正，先是一愣，接下來看到方正慘白的臉孔，佳萱知道方正不妙，大叫著衝過去，希望可以撞倒阿火，迫使他放下方正。

可是身子撞上了阿火，阿火卻文風不動，手上還是牢牢抓著方正。

而這一撞也讓佳萱整個人反彈跌倒在地，完全站不起來。

就這樣了。

就連方正都覺得自己應該就要死在阿火手上的瞬間，眼前突然浮現出幾道白影。

下一秒鐘，阿火卻突然鬆手，將方正拋了出去。

已經失去抵抗能力的方正，就這樣跌坐在地上，不過總算是撿回一命。

到底發生了什麼事情？

方正耳邊傳來吆喝的聲音，他正打算起身看看到底發生什麼事情，一張熟悉又俏麗的臉孔突然出現在他面前。

那張臉孔低頭看著方正，一對大眼睛眨呀眨的。

方正簡直不敢相信自己的眼睛，看著那張臉孔過了一會才狐疑地叫道：「小……小憐？」

小憐用力點了點頭。

方正不敢置信地看著小憐。

「為什麼妳會在這裡？」

幾乎隨時都陪伴在任凡左右的小憐竟然會出現在自己的眼前，一想到這裡，方正再也不管身上的疼痛，猛一起身立刻四處張望，希望可以看到那個想念的人影。

可是四處仍然是一片荒涼，只見遠處阿火被一個鬼影纏住。

兩人正在纏鬥，那個與阿火纏鬥的男鬼，穿著一身鎧甲，從臉型看起來就像是外國人的模樣。

「看到我有沒有很高興？」小憐笑著問道。

「任凡呢？」

「凡還在歐洲啊！因為聽說你們遇到危險了，所以特別要我帶著援兵過來解救你們。」

方正聽到小憐的話之後一愣，不了解為何任凡會知道自己有危險。

另外一邊原本一直看來很兇狠的阿火，在前來支援的男鬼面前，很快就居於下風。

這時一個身影從寺廟的方向趕了過來，那是已經變成怨靈的思苑。

眼看方正等人還活著，思苑立刻靠過來，想要殺掉倒在地上的佳萱。

看到思苑快速接近佳萱，方正正打算開口，想不到原本還在跟阿火交手的男鬼，竟然轉過身來，朝思苑衝去。

思苑完全來不及抵抗，在男子快速的動作之下，一把就被男鬼抓住了脖子。

方正與佳萱還來不及趕上一切的變化，男鬼手腕一緊，竟然硬生生把思苑的脖子掐斷，思苑就這樣當場被男鬼消滅了。

看到前來支援的男鬼竟然如此神勇，方正跟佳萱張大了嘴巴。

男鬼解決了思苑之後，回過頭來朝阿火攻擊。

一想到剛剛男鬼的神勇，方正立刻驚慌地對小憐說：「不要殺他！他是我的屬下，他現在只是鬼上身而已！」

小憐聽到方正這麼說，立刻流利地朝男鬼大聲叫了一句外語。

那語言是方正跟佳萱完全陌生的，兩人瞪著眼睛看著小憐。

而那男鬼聽到了小憐說的話，轉過來點了點頭。

阿火見狀立刻從後面偷襲男鬼。

男鬼明明面向著方正與小憐這邊，但就在阿火偷襲的時候，男鬼突然一個轉身，躲過了阿火的襲擊，腳順勢一勾，將阿火絆倒在地上。

阿火才剛撲倒在地上，立刻想要起身，男鬼卻以迅雷不及掩耳的速度躍到他身前，就這樣一腳踩住了阿火。

阿火被男鬼的這一腳踩住，竟然完全沒有辦法推開，整個人就好像被定在地板上無法移動。

「他到底是何方神聖啊？」方正驚訝無比地問小憐：「怎麼會那麼……」

畢竟方正等人也見過張飛與岳飛這等歷史名將，可是也不見得有像這個男鬼如此神勇。

小憐笑著指著方正的腳踝說道：「他就是那個有名的阿基里斯啊！」

聽到小憐這麼說，方正跟佳萱真的傻了。

「妳說的是那個傳說中驍勇善戰、力大無窮、刀槍不入，心地卻很善良、很重友情的希臘英雄阿基里斯？」方正驚訝地問。

小憐笑著點點頭。

「就是那個被他媽媽以倒栽蔥的方式泡到冥河裡，只有後腳踝沒有浸到，結果變成他唯一弱點的阿基里斯？」方正不敢置信地再次確認。

「噓，不要把人家的弱點講得那麼大聲，被敵人發現了怎麼辦？」小憐俏皮地比了個噓的手勢小聲地說。

想不到上次才聽說任凡打倒了凱撒大帝，現在竟然可以找來阿基里斯當援軍。

怎麼短短一年的時間，那傢伙竟然在歐洲又故技重施，連阿基里斯這種神話般的人物都成為他的顧客？

「趁現在，」小憐看到阿火被制伏在地上，指著阿火說：「去捏住他的鼻子，朝他的天靈蓋拍三下看看。以前撚婆有教過我，這樣有機會可以幫助被鬼上身的人，恢復元神。你去試試看。」

方正聽了之後，走到被阿基里斯踩住的阿火旁邊，照著小憐所說的話，捏住了阿火的鼻子，朝他的天靈蓋拍三下。

阿火被這麼一拍，不再掙扎，整個人彷彿暈過去般，動也不動。

原本方正還擔心自己會不會拍太大力，所以把阿火拍暈了，但是過沒多久阿火哼的一聲，慢慢醒了過來。

看到阿火的臉孔恢復正常，這才讓方正鬆了一口氣。

確定阿火沒事之後，在小憐跟阿基里斯的保護之下，方正與佳萱等人重新回到寺廟。

跟著任凡多年的小憐，自然很容易看出這個地方的問題，所以小憐告訴方正這些浮游靈之所以會變成惡靈的原因。

於是方正與佳萱重新清洗了被血染紅的神像，為神像上香祭拜，終於在日出之時，重新鎮壓這些惡靈，平定了一場災難。

外面的大雨漸歇，方正立刻派阿火去請鄰近分局前來協助善後。

等到一切都忙完之後，方正才突然想到，先前他一直想要問小憐的問題。

「對了，任凡怎麼會知道我們會遇到危險？」方正問小憐。

「喔，是借婆說的啊！」

聽到小憐這麼說，方正與佳萱異口同聲訝異地說：「借婆？」

6

在解決了男爵的委託之後，任凡滿心期待準備接收男爵的報酬，萬萬想不到借婆卻在這時出現在任凡在歐洲的城堡之中。

更想不到兩人竟然突兀地對立起來。

借婆閉上了眼，將手上的八卦杖緩緩舉了起來。

與此同時，看似一直坐在位置上的任凡，雙手撐著椅子，仔細看著借婆的動作。

借婆猛一張眼，手上的八卦杖立刻像是斷頭台上猛然落下的鍘刀，朝地上敲下去。

而原本應該在位置上的任凡，也在這一瞬間，往桌子底下一滑，朝著借婆踢過去。

就在八卦杖即將著地的瞬間，一隻腳鑽入了杖與地板之間，八卦杖筆直地刺在那隻腳的腳背上。

「唉唷！」任凡哀號，坐在地上揉著自己的腳。

原來就在借婆將八卦杖敲在地板上的瞬間，任凡用自己的腳，阻止了借婆的八卦杖著地。

借婆冷冷地看著在地上哀號的任凡。

「小子，活膩了嗎？」

「呼，真是痛死人了！」任凡不停揉著腳說：「妳玩真的啊，借婆？」

借婆不置可否地凝視著任凡。

「我只是一時好奇，想說借婆妳每次施法，都用八卦杖擊地。」任凡皺著眉頭說：「所以才想做個純學術性的實驗，看看是不是八卦杖沒有敲到地面，借婆妳就沒有法術。」

借婆聞言，緩緩抬起頭來。

只見房間裡面的所有家具，全部都淩空了起來。

就連擺在後面櫃子上的那六塊木板，也一起飄了起來。

「你說呢？」借婆冷冷地說。

借婆說完，眉頭一皺，任凡見狀立刻會意過來，伸出手叫道：「不要！」

只見寫著任凡六大不接委託原則的那六塊木板中，寫著「五、破壞天理循環、傷風敗俗的工作不接」的木板，竟然憑空裂開。

「唉，」任凡垂頭喪氣地說：「這六個木板是用同一塊木頭做出來的。」

借婆哼地一聲，所有家具這時又穩穩地從空中沉下來，回到了原來的位置，只有那塊木板，碎裂在櫃子上。

「我會特別註明這點，還不是出自對妳的尊敬，妳這是何苦呢？」

「哼，誰叫你這小子不知天高地厚，敢隨便對我出手。」

「就跟妳說是純學術性的實驗了。」任凡仍然揉著自己的腳說：「妳一定也知道，還敲那麼大力。」

全世界，不，不論古今中外、陰陽兩界，也只有任凡敢對借婆做這個純學術性的實驗。

借婆搖搖頭說：「我已經手下留情了，不然這一杖不要說打斷你的腳，要了你的命都可以！」

「都那麼熟了，何必這麼認真呢？」任凡苦笑道：「說吧！妳這次來找我，到底為了什麼？」

「我想要你對付一些鬼魂。」

「啊？」任凡挑著眉頭，笑著說：「借婆妳沒事吧？普天之下有哪個鬼魂不要命，敢跟借婆妳作對啊？我想就算是成千上萬的鬼魂，也抵不過妳手中的八卦杖吧？」

借婆沉默不語。

「妳為什麼不自己出手呢？」任凡問。

「因為這條因果線，我不能介入。」

借婆淡淡地說，但是聽在任凡的耳中卻非常沉重。

再怎麼說，任凡也是少數知道借婆身世的生人。

在黃泉三婆之中，借婆主管因果，她介入歷史，創造出許許多多的故事，但是卻不被人提起。

為了那個想要見到天上仙女的男子，借婆可以八卦杖一敲，搭出一座喜鵲橋，不但敲出了一對佳侶，更敲出了一段淒美的傳說。

但是相對地，她卻不能敲出一座鵲橋，讓自己與在天上的丈夫相會。

只要是事關自己的因果線，借婆就不能介入，這就是借婆的無奈與悲哀。

她的八卦杖可以解開無數糾纏的因果，卻不能敲出自己的命運。

「更何況……」借婆面無表情地說：「這次的事情也跟你的好友有關。」

「我的好友？」任凡愣了一下，狐疑地問：「白方正？」

任凡的朋友實在沒幾個，方正已經算是跟他不錯的了，能夠被稱為任凡好友的大概也只有方正了。

借婆點了點頭。

「借婆，妳可別對他亂來啊！他看起來高大，但那只是外表，實際上他是一個怕鬼又很會惹事的傢伙，經不起妳的折騰。」

「不是我把他捲入的，」借婆挑眉說：「一切都只是因果，更何況，讓他與靈界之間有如此緊密接觸的人，不正是你嗎？」

任凡沉吟了一會。

「借婆，妳要我怎麼做？」任凡沉著臉說。

「我要你，」借婆看著任凡說：「做你最擅長的事。」

借婆此行的目的，正是為了處理這件事情。

正是因為借婆無法出手，所以才會找上任凡。

借婆口中所說任凡最擅長的事情，說白一點就是搬救兵。

這對任凡來說，簡直就像是吃飯一樣簡單。

於是，應借婆的要求，任凡立刻派小憐去找救兵，終於在最後一刻趕上了。

寺廟的遠處，看著死裡逃生的眾人，借婆眼神頓時閃過憐憫的神情，不過那只是很短的一剎那而已。

7

想不到竟然是借婆去找任凡，這完全出乎方正的意料之外。

至於借婆為什麼會去找任凡，又為什麼會知道方正等人會遇到危險，這些就連小憐也回答不出來。

除此之外，還有一件讓方正與佳萱感到不解的事，這一次的事件跟借婆有什麼關係？

為什麼借婆要去找任凡？

兩人多次看過借婆出手，即便是這次的情況，相信只要借婆出面，一定也可以解決。

如果真的想要幫忙方正等人，為什麼她不自己出面呢？

而這一次，到底又是什麼因果牽扯著眾人呢？

這些問題，或許只有借婆才知道。

門外一陣陣的警示笛聲由遠而近趕來，過沒多久一台又一台的警車出現在這罕無人跡的路上。

幾乎所有嘉義警方都在第一時間趕了過來。

畢竟大名鼎鼎的白方正警官，在嘉義管區內，身陷一場連續殺人事件之中。

這等於一顆震撼彈，撼動了全嘉義的警方，就連許多分局長都在第一時間趕來。

浩大的警力宛如軍隊般陸續到達，幾十輛的警車就這樣塞滿了這條罕無人煙的道路，將整條馬路擠得像嚴重塞車的高速公路般。

趕到現場處理的員警，對於嫌犯竟然會碰巧遇上全台灣最優秀的警察大隊，無不瞠目結舌。

大家共同得到這個結論——這個嫌犯可能是全世界最倒楣的嫌犯。

眾人都把這起巧合當成了嫌犯的霉運。

遠處，借婆看著這一切。

就現在來說，所有人之中，只有她知道這件事情並不是巧合那麼簡單。

一切都是因果，一切都是輪迴。

偏偏這是她自己的因果，因此借婆不能像往常一樣，一杖撫平天下事。

這是她種下的因，自然得要由她自己來承擔這個果。

當初，當八卦杖擊地的那一瞬間，就已經注定了眼前的一切。

借婆看著大雨過後的天空，沉重地嘆了口氣。

天空一片湛藍，但借婆的心情，卻是陰霾。

番外・沉睡將軍

在方正與任凡相遇之前——

是夜，天地一片寧靜。

這裡在多年前，是個多少還有些後代子孫會前來祭拜的墓園，但是隨著時間流逝，前來這裡祭拜的人也越來越少，然後到了現在完全荒廢為止。

不過所謂的「荒廢」，也只是存在於人世間的假象。在另外一個死後的世界，這裡卻有著全然不同的風貌。

對黃泉界來說，墓園一直都是鬼魂們的根據地，有時候就彷彿是個小鎮一樣，有許多徘徊人世間的鬼魂，在這裡聚集。

這裡當然也不例外，只是比起其他地方的墓園來說，這裡的墓園，因為有一個大人物存在，所以比起其他地方來說，這裡相當莊嚴，雖然沒有什麼金碧輝煌的建築，但是往來的鬼魂們，卻井然有序，真的宛如宮廷的守衛般，戒備森嚴。

而這個大人物，卻顯得十分神秘，只有一個稱謂，被鬼魂們稱為「將軍」。而這座墓園，也因為這個將軍的關係，在黃泉界被稱為「將軍嶺」。

跟過去無數個夜晚一樣，這裡杳無人煙，就彷彿被人遺忘的世界一樣，直到一道搖曳的光線，出現在墓園的入口附近，才讓這個世界有了不一樣的變化。

在燈光出現後不久，一個身影來到了這個墓園入口。

來的人是個活人，不過卻在黃泉界有著赫赫有名的稱號，他就是大名鼎鼎的「黃泉委託人」謝任凡。

這並不是任凡第一次造訪此處，過去在這個墓園最鼎盛的時候，任凡就數度前來此處，因此對這裡雖然稱不上熟悉，但是絕對不陌生。

然而，如今當任凡抵達這片墓園的時候，這裡卻跟人世間一樣靜悄悄，沒有看到半個靈體。

上一次任凡來這裡的時候，光是來到現在這個位置，已經被兩個負責巡邏的鬼魂盤查過，但是如今，卻是連個鬼影都沒有看到。

這到底是怎麼回事？

面對這跟人世間一樣，宛如荒廢般的墓園，任凡感覺到不解，在墓園裡面轉了幾圈，還是沒有見到任何靈體的蹤跡。

對鬼魂來說，因為不用吃飯，更不需要上廁所，因此不太會留下太多痕跡。

除非是像撚婆那樣的法師，才有可能找到些靈體離去的蛛絲馬跡，光是這樣晃，實在很難看出個所以然來。

因此任凡現在看起來，就彷彿這個墓園已經跟它在人世間的面貌一樣，荒廢了多年都不曾有鬼魂滯留過一樣。

就任凡所了解的黃泉界來說，除非是某些特別的原因，不然像這樣規模的鬼魂群聚，不太可能消失得這麼徹底。

一般來說，任凡對這種據地為王的鬼魂，沒有多少好感。因為這些鬼魂多半都像是武則天那般，橫行霸道，無法無天。

不過這裡倒是比較特別的案例，雖然說這裡彷彿就好像一個國家的皇宮般，不過實際上，卻沒有聽說過統治這裡的那位將軍大人，做過什麼害人之事。

這也是他跟任凡之間，一直都保持著井水不犯河水關係的最主要原因。

雖然如此，不過因為將軍的勢力也算強大，因此只要處理附近的事情，任凡都會過來打聲招呼，也算是打好關係以及給予對方最基本的尊重。

不過任凡一點也不喜歡這裡，每次來到這裡，氣氛都感覺十分緊繃。

如果連同這次在內，這已經是第三次造訪此地，而且前兩次的場面不是很好看，因此這一次前來，任凡還是帶著自己的彈弓，以備不時之需，卻沒料到會遇到現在這般人去樓空的景象。

另外還有一點，讓任凡很在意也不喜歡的地方，就是即便已經先前兩度造訪這裡，也跟將軍本人有過些對話，但是一直到現在，任凡還沒能夠見到將軍的靈體，每次對話都是隔著一片牆。

就是這種神秘感，讓人對這位將軍有種難以親近的感覺，更讓任凡感覺到不太自在的地方。畢竟在黃泉界打滾了這麼多年，什麼樣的鬼魂沒見過，這麼神秘的鬼魂還真是第一次見到。而在經歷過上一次不愉快的造訪之後，任凡曾經想過，自己可能再也不會來到這片墓園了，想不到才過不到兩年，又得被迫來到這裡。

這一次任凡之所以再度造訪此地，就是因為最近，任凡一連接到許多委託，都在這附近，而且幾個月前，這裡還發生過一起轟動全國的命案，感覺情況確實很不對勁，因此任凡才會想要來這裡問問看，看看這裡到底是出了什麼事情。

畢竟過去這裡在將軍的統治之下，鮮少發生類似這樣的情況。過去，這裡井然有序，儼如一個小小的國家一樣，有著各個層級的鬼魂，負責各種任務。而身為首領的將軍，卻從來沒有現身。

就連後來任凡試圖想要打探將軍的底細，仍然是一無所獲，從身分到將軍這個名號的由來，都查不出個所以然來。

即便後來任凡經過允許，與他有些對談，但是卻完全沒有辦法摸到他的底細，甚至連面都見不上一面。

當然對於將軍這個鬼魂的真實性，任凡沒有半點懷疑，因為即便隔著一面牆，任凡還是感受到來自於牆後的那個巨大力量，因此可以想見將軍是個力量強大的鬼魂。

只是為什麼如此神秘，正是任凡百思不得其解的地方，就連任凡的乾奶奶孟婆，也沒辦法提供任凡任何可靠的資料。而且不只有任凡以及附近的鬼魂這麼感覺，就連當年君臨天下的武則天，也不曾對這附近出手。

當然，對眼前這人去樓空的景象，任凡可以有許多可能性的推測。像是他們突然轉移了陣地，或者此處被其他團體攻陷了。

只是考量到這個地方的狀況來說，不管哪一個可能性都應該會有些傳言流傳在黃泉界才對，畢竟這絕對是件大事，就跟不久前在這裡附近發生的命案對人世間來說一樣轟動。所以不管哪一個假設，感覺都不太合理。

就在任凡在墓園繞了一圈，連當時跟將軍會面的地方都看過了一遍，還是摸不著頭緒之時，任凡一眼瞄見了在墓園的外圍，一個快速飄過去的身影。

好不容易看到了鬼影，任凡當然二話不說，立刻追了上去。

隨著任凡的靠近，對方似乎也感覺到了任凡的行動，轉身就想逃跑，任凡見狀，立刻掏出彈弓，一連射了三發，全部射在那鬼魂要逃跑的路上。

那鬼魂嚇了一跳，頓在原地，一轉身就看到了任凡已經追到了他的身後，並且用彈弓瞄準了自己。

「看看是你的動作快，」任凡笑著說：「還是我的彈弓快？」

「別！別！別！」那鬼魂伸出手擋住自己的臉說：「有話好說嘛，何必動刀動槍呢？」

任凡看了看眼前這靈體透露出來的顏色，料想應該不是什麼太大的威脅，畢竟對方全身透著白色，看起來大約二十來歲，從衣著看起來又是同個年代的鬼魂。

「過來，」任凡收起彈弓，對那個白靈招招手說：「我有些問題要問你，問完之後，不會虧待你的。」

白靈雖然顯得有點怯懦，或許對他來說，可以像還活著那樣跟人對話，是件很新鮮的事情。

「你知道這裡是什麼地方嗎？」任凡問。

「知道，」白靈點了點頭說：「這裡是將軍嶺。」

「所以你是這附近的居民囉？」

「可以這麼說，」白靈說：「不過，我剛死沒多久，所以很多地方還不是很習慣。」

「既然知道這是將軍嶺，」任凡挑眉：「來這裡幹嘛？」

「我聽說，」白靈說：「將軍嶺的人都走了，所以上來看看，你知道以前這裡有很多鬼魂走來走去，想要混上來，可不容易。」

「所以，」任凡無奈地搖搖頭：「你來這裡單純只是好奇？」

對方點了點頭。

想不到對方竟然只是想要來觀光的，讓任凡很是無言。

「那你知道這裡的鬼魂們為什麼都不見了嗎？」

在任凡的詢問之下，白靈將他所聽說到的情報，一五一十地告訴了任凡。

原來前陣子這裡發生了命案，有很多警察前來調查，其中一名警員，似乎誤闖到了這裡，結果將軍跟一些鬼魂好像莫名其妙就附身在那個警察的身上。

也不知道是不小心附身上去的，還是真的想要附身在那個警察身上。總之在將軍上了那個警察的身後，原本待在這裡的鬼魂們，也就跟著鳥獸散了。

「將軍他上了人身？」聽到白靈的說法，任凡完全沒辦法接受：「你是在唬爛我吧？」

白靈聳了聳肩，畢竟都是聽人說的，他已經把所有自己聽到的都告訴了任凡。

「就算你說的是真的，」任凡還是一臉狐疑：「但是去哪裡找到人可以承受得住將軍的力量啊？」

這是最現實的疑問，只是這個疑問，絕對不是眼前這個還不太熟悉黃泉界的白靈可以回答的問題。

畢竟這位將軍大人，可是在武則天君臨台灣之際，還能自己保有一塊淨土的強大人物，如今卻這樣隨便上了一個不知道是誰的身，實在讓任凡感覺到難以置信，而且很難理解。

然而，這或許也剛好解答了任凡的疑惑，就是因為將軍不在了，所以這裡才會群龍無首，發生這麼多起事端。

既然搞清楚了，雖然不是很能接受，但是任凡也只能打道回府了。

因此，任凡依照自己的約定，燒了點紙錢給了那個白靈之後，便踏上回家的路。

先別說將軍這麼做有什麼意義與目的，光是想到未來可以不需要再跟這個會讓人折壽多年的傢伙打交道，對任凡來說，或許也不算是一個太壞的消息。

至少，現在的任凡確實這麼想。

※

而就在任凡得到了結果，準備打道回府的時候。距離同一時間七、八公里遠的一個宿舍內，警員鄭棠火正躺在床上暈睡。

幾個月前因為處理的一個案件，讓他原本就已經十分混亂的身體，又有了劇烈的變化。

至於導致這次變化的原因，鄭棠火一點也不陌生，應該又是有些陌生靈體上了「車」。

每次只要發生這樣的情況，都會讓鄭棠火感覺到身體不適，如果情況嚴重一點，就是會感覺到頭暈目眩，甚至整天都渾渾噩噩。當然只要過了一段時間之後，這樣的症狀就會逐漸恢復。

不過這一次卻比過去任何一次都還要來得強烈，那天在命案現場不遠處的一個荒廢墓園中，阿火被那些鬼魂襲擊之後，整個人當場就暈厥過去。後來阿火被同事們發現並且救了出來，立刻被緊急送醫，然而就連醫生也沒有辦法診斷出阿火到底出了什麼事情。

最後沒辦法的情況之下，阿火只能請假，在宿舍度過這些折磨人的夜晚。

不得不說，這一次的情況比起過去任何一次都還要來得嚴重，就連長年住在阿火體內的鬼魂們，都開始懷疑阿火會不會就這樣病死了。

於是就在今晚，在阿火又宛如暈過去般昏睡過去的同時，那些附身在他身上的鬼魂們，分成了兩派，開始吵了起來。

那些原本就住在阿火體內的靈體們，對於這些突然闖入的外來客，十分不滿，因為就是他們的闖入，導致阿火變成現在這個狀況。

雙方各執己見不斷有人開口，在你一言、我一語的情況之下，基本上就只是淪為爭執與謾罵，完全沒有辦法好好溝通。

因此在吵了一陣子之後，雙方終於達成協議，一方各推派出一個代表出來溝通。

於是雙方一左一右，一方控制著阿火的左手與左邊嘴巴，另外一方控制著阿火的右手與右邊嘴巴。只見阿火躺在床上，雙眼緊閉，眉頭緊皺，不省人事的樣子，但是兩隻手卻抬了起來，手掌曲成了「ㄑ」形，就好像兩個掌中人偶互相對話了起來。

「你們這樣突然闖進來，」左手代表原本就居住在阿火體內的鬼魂說：「我們真的很困擾，而且你們自己看，你們這樣硬塞進來，把阿火弄成什麼樣子了。」

「我們也有我們的苦衷，」新闖入的外來客鬼魂代表說：「如果不是不得已的情況，我們不會這樣全部塞進來。」

「你們的苦衷我們也愛莫能助啊，」原居民的鬼魂說：「不過這不是我們的問題。」

「我們只有一個要求，」外來客的代表說：「就是讓那個我們扛進來的那位將軍，可以待在宿主的體內，我想你們應該不差這一個靈體吧？」

「所以只有他一個？」原居民的鬼魂說：「你們其他人都會離開？」

「你們放心，」外來客的代表說：「等到我們確定將軍在這裡穩當之後，我們會陸續離開，只要你們跟我們，井水不犯河水，一切都會沒事。但是如果你們一定要強迫我們離開，恐怕就需要拿出點實力來。」

這些大舉入侵的外來客，如果用視覺來形容的話，恐怕可以說是個個人高馬大，力量非凡，就算聯合體內所有的靈體跟他們鬥，可能連其中任何一個都打不過。

「可是……」阿火體內一個比較明理的長者說：「你們這樣闖進來，阿火不知道受不受得了，你們這樣是在賭他的命啊。」

面對長者的這番言論，外來客們沉默了許久。

「這個我們也知道，」外來客的代表說：「那就只能看他自己的造化了。」

既然對方都這樣講，在武力不如人的情況之下，加上如果動起手來，對現在的阿火來說，恐怕只會雪上加霜，更難以熬過這場大劫。

因此這邊也只能深深地嘆了口氣，結束這場打從一開始就不平等的爭論。

到頭來真的也只能看阿火這個活動住宅，撐不撐得下去了。

夜晚再度寧靜，只剩下阿火紊亂的呼吸聲。

所幸過了幾天之後，阿火的狀況逐漸好轉，似乎也已經順利撐了過來。

幾年後，在阿火正式加入了方正特別行動小組時，這些當時與那個靈體一起進入阿火體內的靈體們，確實照著他們所說的，一個接著一個離開了，只留下那個沉睡的靈體。

而過了這些年，眾人也慢慢習慣了這個沉睡靈體的存在，到後來也逐漸淡忘了這件事情。

只是不管誰都沒有料到，多年以後這個靈體將會甦醒過來，而他的甦醒，也為阿火與整個黃泉界，帶來了震撼性的改變。

後記

大家好，我是龍雲，非常高興在這邊再次跟大家見面。

在方正特別行動小組之中，其中我最喜歡的角色，應該就是阿火吧。

事實上在一開始的設定之中，我也曾經有構想，希望可以讓阿火有自己獨立的故事。關於這點，如果讀者有興趣的話，或許可以留意一下，在看第二部最後一集時，其中有提到「三位」的部分，其實其中一個我心中所想的人就是阿火。

即便過了這麼多年，當時的想法還有些殘留在腦海之中，只是比較遺憾的還是，不一定有機會可以實現這樣的想法。

因此這次番外，也算是多少補足這樣的遺憾，讓這故事的一些始末，多少可以呈現在各位的眼前。

最後一樣，希望大家會喜歡這本小說，那麼我們下次再見。

龍雲

龍雲作品 25

黃泉委託人：惡慾之囚

國家圖書館出版品預行編目資料

黃泉委託人：惡慾之囚 ／ 龍雲 著. — 初版. —
臺北市：春天出版國際, 2018. 11
面； 公分. —（龍雲作品；25）
ISBN 978-957-741-172-3（平裝）
857.7 107019639

ISBN 978-957-741-172-3
Printed in Taiwan

作者 龍雲
封面繪圖 啻異
總編輯 莊宜勳
主編 鍾靈
責任編輯 黃郁潔
美術設計 三石設計

出版者 春天出版國際文化有限公司
地址 台北市信義區信義路四段458號3樓
電話 02-7718-0898
傳真 02-7718-2388
E-mail story@bookspring.com.tw
網址 http://www.bookspring.com.tw
部落格 http://blog.pixnet.net/bookspring
郵政帳號 19705538
戶名 春天出版國際文化有限公司
法律顧問 蕭顯忠律師事務所
出版日期 二〇一八年十一月初版
定價 199元

總經銷 楨德圖書事業有限公司
地址 新北市新店區寶興路45巷6弄6號5樓
電話 02-8919-3186
傳真 02-8914-5524

龍雲
作品

龍雲
作品